抱樸齋詩箋

王永红 著

中国环境出版集团·北京

图书在版编目(CIP)数据

抱朴斋诗笺 / 王永红著. —北京：中国环境出版集团，2014.3（2022.7 重印）

ISBN 978-7-5111-1766-3

Ⅰ. ①抱… Ⅱ. ①王… Ⅲ. ①诗集—中国—当代 Ⅳ. ①I227

中国版本图书馆 CIP 数据核字（2014）第 042738 号

出 版 人 武德凯
责任编辑 殷玉婷 沈 建
责任校对 唐丽虹
封面设计 金 喆

出版发行 中国环境出版集团
（100062 北京市东城区广渠门内大街 16 号）
网 址：http://www.cesp.com.cn
电子邮箱：bjgl@cesp.com.cn
联系电话：010-67112765（编辑管理部）
发行热线：010-67125803，010-67113405（传真）
印 刷 北京中献拓方科技发展有限公司
经 销 各地新华书店
版 次 2014 年 4 月第 1 版
印 次 2022 年 7 月第 2 次印刷
开 本 787×1092 1/16
印 张 13
字 数 100 千字
定 价 69.00 元

秋色的韵律

（序）

方一方

若把人生的长度比作一年四季，尹弘（王永红笔名）已走进秋色里。秋天的生命力最旺盛，秋天的姿色分外妖艳，就连漫山的枫叶也在奔放地吟唱着火红的情调。

今年的春暖花开时节，尹弘对我说，他打算整理一本诗集。话一出口，他平静而又率真的脸上写满诗意。我被他的诗情深深感染。当天晚上，我给他发过一则短信：“芳龄七十一，偶得弄诗集，本却人应懒，只怪手中笔。”片刻后，尹弘回过信来：“像诗不是诗，游戏弄文字，说说心里话，讲讲心里事，泄泄心底愤，表表心中志，可当周记看，也是小纪实……”“莫道不是诗，有心弄竹枝，不究律与绝，其味自己知。”我说。

尹弘“弄”出诗集绝非“偶得”。我曾听老校长讲，尹弘上初中时就是“诗迷”，既爱读诗，又爱写诗，“诗人”在他心中至高无上，当“诗人”成了他最大的梦想。其时，他的诗作一再得到老师们的首肯和赞许，也见过报端、期刊；老师对他更是宠爱有加，带领全班下乡劳动，把他一人留在教室里写诗，同学们无不生出羡慕“忌妒”。

论成就，尹弘已出版了七部著作。按他先前的写作规划，

第八部为中篇小说集；把已发表的作品和正在修改的篇什汇集起来，分量足够，以完成他出齐小小说、短篇、中篇、长篇的愿望。第九部为另一部长篇，整体框架，故事情节，已基本构思完毕。节骨眼上，尹弘毅然改变计划，我认为他很可能基于两点考虑。其一，前后两年多的时间全身心、超负荷投入《享受父爱》的写作，已使他甚是疲惫，心智与体力严重透支，更需要一个情感自拔的过程。其二，刻意"充电"，潜心读书，这是一个老写手老作家必须把握的节奏。于是，他列出了阅读篇目，清理出一批书籍放在案头，从四书五经到唐诗宋词，从秦皇汉武、唐宗宋祖到明十七代、清十朝，他打算带进自己阅历再细读一遍。这一读就是两年有余。

作为一个言情高手，读书的收获和思考的心得"逼得"他把本想暂时搁置的笔又拿了起来。不过，他努力地追求"节能减排"，"诗"也就成了他最简捷的表达方式。从《清明思父亲》《月半哭父亲》《父亲节思父亲》《母亲节述怀》《重读弟书》中能感觉到他浓浓的亲情；从《韶山看日出》《开天辟地两巨人》《仰瞻邓公像》中表现出他对伟人的崇敬；从《登岳阳楼抒怀》《梦上岳阳楼》《读〈桃花源记〉》《再读〈明史〉挽朱裔》中能领略到他读史研史，为镜为鉴的感叹；从《自约》《自律》《自勉》《定力》《淡定》《老骥伏枥再扬鞭》中能读出他克己、铭志的意境；从《天空从此不寂寞》《保钓！保钓！》《庆贺十八大》《最美飞天梦》《建军节述怀》中能体察到他心灵的温度；从《忆五峰二中三位校长》《师长·文友》《挚友诤言》中能触摸到他炽热的感恩之心；从《指鹿为马新篇》《我非我》《某类官素描》《苍天在上》《老虎苍蝇一起打》中能见到他对时弊的嘲讽与愤懑；从《天门山印象》《柴埠溪撷奇》及"凤凰系列"等大量旅游诗文中能体会到他对自然风光的关照和对人生风景的渴望。

总之，尹弘所有的诗都是发自肺腑的真情实感和来自心灵的考量思辨。我认为，撇开这“所有”，还有什么称之为“诗”？他本真的写作状态决定了要他“羞答答犹抱琵琶半遮面，眉蹙蹙为赋新诗强说愁”，他还真做不到。“自备雨伞”，心态阳光，思维信马由缰，落笔情真意切，读来心律齐，品来口感好，是尹弘《诗笺》的特色；他和那些还未懂得生活先懂得写诗的人大不一样。

性格使然，尹弘不愿接受廉价的恭维和昂贵的标签。他的诗不是花，你把他说成花，反而弄得他不自在；他稍有微熏，你把他说成酩酊，他就真的脸红。他的诗，想读你就读，不想读，搁一边也未尝不可。寻找自己的韵律，留下自己的感悟是他的初衷。

前不久，一位几年未见的朋友向我打听，“尹弘康乎？尚在笔否？”我痛快地回答他，“你瞧好了！”“在我年轻的时候，我是属于诗的；在我年老的时候，诗是属于我的。”汪国真解读着自己，也慰藉着尹弘。

二〇一三年十月

作者系中国音乐家协会会员、湖北省作家协会会员

目 录

开篇自白 / 1
自约 / 2
定力 / 3
人生叹 / 4
白溢寨 / 5
茶山春早 / 6
我家 / 7
清明思父亲 / 8
门前桂花树 / 9
老骥伏枥再扬鞭 / 10
茶颂 / 11
端午祭屈原 / 12
天宫从此不寂寞 / 13
生日记趣 / 14
改换门匾感言 / 15
黄龙洞 / 16
渔洋关 / 17
品骏王老窖感言 / 18
释疑 / 19
夏日白溢寨 / 20
国宝刘德培 / 21
月半哭父亲 / 22
保钓！保钓！ / 23
指鹿为马新篇 / 24

掩卷《江姐》思江姐　/25
去韶山　/ 26
韶山看日出　/ 27
开天辟地两巨人
——拜谒韶山、花明楼感言　/28
登岳阳楼抒怀（一）　/ 29
登岳阳楼抒怀（二）　/ 30
梦上岳阳楼　/ 31
钟　/ 32
读《桃花源记》　/33
谢友人题词　/ 34
西洞　/ 35
一同看落日　/ 36
我非我（糊涂歌）　/ 37
不忘“九·一八”　/40
淡定　/ 41
记趣中秋夜　/ 42
伟业勿忘谁奠基　/43
入秋记　/ 44
欣闻莫言获诺奖感言　/45
千丈岩　/ 46
重阳吟　/ 47
爱心无国界　/ 49
重读弟书　/ 51
庆贺十八大　/ 52
重上马岩墩　/ 53
忆记独岭游　/ 54
感恩马岩墩　/ 55
仰瞻邓公像　/ 57

观海 / 58
我说世界末日论 / 59
忆五峰二中三位老校长 / 60
家乡雪 / 62
文学奖 / 63
某类官素描 / 64
车行过中山 / 65
小河殇歌 / 66
梦里小桥遇故友 / 67
陆渔公路开通随想 / 68
劝君少吹肥皂泡 / 69
苍天在上
——读报刊上贪腐案例有感 / 70
说古不道今 / 71
遥望莲花山 / 72
叹岳麓书院无缘览 / 73
清明雨 / 74
自律 / 75
师长·文友（四首） / 76
致芦山 / 79
老虎苍蝇一起打 / 80
母亲节述怀 / 81
挚友诤言 / 82
感恩贵人 / 83
聆听宋祖英演唱会手记 / 84
梦凤凰 / 85
游凤凰 / 86
别凤凰 / 87
登张家界天门山记 / 88

天门山印象　　/ 89
最美飞天梦　　/ 90
父亲节思父亲　　/ 91
生日自责　　/ 92
生日自勉
——借方一方先生句并步其韵　　/ 93
致友人生日短信　　/ 94
心的户籍
——远行致妻子　　/ 95
甜妹　　/ 96
屋后香樟树　　/ 1097
醉别友　　/ 98
柴埠溪撷奇（九首）　　/ 99
建军节述怀　　/ 108
无题　　/ 109
黄连山·歪尖子　　/ 110
又是七月七　　/ 111
茶马古道　　/ 112
再读《明史》挽朱喬（九首）　　/ 113
桂花雨　　/ 118
秋日　　/ 119
自训　　/ 120
黄山吟　　/ 121
黄山游记　　/ 122
夜宿景德镇　　/ 123
内蒙古之行掠影（旧作六首）　　/ 124
附录一　歌词小辑　　/ 128
附录二　和谐家庭五句子歌　　/ 138

《抱朴斋诗笺》评论

与自己的内心对话

——《抱朴斋诗笺》阅读札记　廖崇纲　/ 150

抱朴的永红　/ 刘学雄　159

笑拥晚霞映诗篇

——品评《抱朴斋诗笺》　雪　原　/ 165

情满山水诗满衿

———读《抱朴斋诗笺》山水游历篇有感　佘桃珍/ 171

我读永红的诗　张维仲　/ 180

乡韵诗之赏析

——读王永红旧体诗之感悟　郭士萍　/ 182

编后　廖崇纲　/ 185

《抱朴斋诗笺》书法作品选录

——曾庆福等 10 位书法家作品　/ 187

开篇自白

我不懂诗，更不会写诗。什么格律，什么平仄，什么声韵，我都弄不准。我这些所谓的诗，是我之所见、所闻、所思、所想的一些记录，都是信手拈来，即兴写的一些句子；或歌乐句，或顺口溜，或打油诗，用以表达我的情绪、心境和诉求，随记于笺，自娱而已。

抱朴斋主人

二〇一二年二月十九日

自 约

静居抱朴斋，
力仿陶渊明。
修身伴山水，
养性悟鸟音。

二〇一二年二月十九日

定　力

淌洋书海间，

忘却室外天。

耳际独子曰，

脑中唯圣言。

谢辞贵人约，

不谋达官面。

全心悟禅机，

倾情结书缘。

二〇一二年二月二十一日

人生叹

入世七十年，

弹指一挥间。

平生欲求知，

到底未解玄。

留愧道终浅，

遗恨梦不圆。

老来空叹息，

羞颜对心田！

二〇一二年三月二十一日

白溢寨

口传千年史籍载，

俯瞰万峰群山矮。

云缠雾绕处女地，

深闺靓妹望郎来。

二〇一二年二月二十三日

茶山春早

山翠水流碧，

雨润花含蜜。

春浓茶溢香，

人勤地早绿。

二〇一二年三月二十五日

我　家

屋前绿水流，

房后青山秀。

林茂鸟争鸣，

风清人添寿。

花艳靓小院，

书香溢满楼。

众云风景好，

我说养老优。

二〇一二年三月二十七日

清明思父亲

清明夜深心难宁，
神志恍惚见父亲。
面容依旧音未改，
拥我入怀声哽咽。
日夜思念肝肠断，
阴阳相隔骨肉分。
千言万语化作泪，
别愁离恨成永恒。

二〇一二年四月五日

门前桂花树

树高枝纵横，
根深叶茂盛。
花开芳香远，
鸟栖歌声近。
客来都称奇，
众口捧成神。
敢问拜谒者，
可知栽培人？

二〇一二年四月十一日

老骥伏枥再扬鞭

退休屈指近十年，
谋事未敢怠一天。
主编出版书四部，
写作发表文百篇。
走笔不停苦耕耘，
老骥伏枥再扬鞭。
宁让须发染霜雪，
莫使心中留愧歉！

二〇一二年四月二十六日

茶　颂

枝繁叶茂遍山乡，
迎风斗雨抗骄阳。
含辛茹苦酿甘甜，
漫绿涌翠溢奇香。
舍身忘己为世人，
赴汤蹈火铸辉煌。
千家万户凝真情，
五洲四海留芬芳。

二〇一二年三月七日作，六月二日改

端午祭屈原

满腔热血沸，

为民赤心碎。

欲惊世人醒，

一跃天地悲。

龙王承大义，

国魂永护卫。

昏君百日朽，

屈风万年辉。

二〇一二年六月二十三日，农历端午

天宫从此不寂寞

神九翱翔去巡逻，

环宇浩瀚新星烁。

华夏儿女终揽月，

巾帼刘洋邀嫦娥：

娘家盼你访故乡，

亲情永续共祥和。

凡人神仙任往来，

天宫从此不寂寞。

二〇一二年六月二十五日

生日记趣

时逢七十生日，挚友方一方发来短信：“我羡慕你年轻，十七岁生日快乐！”我阅之、悦之、赏之、乐之，特留句以记之、存之、诵之、笑之——

步入七十一，
权当一十七。
诗到还童时，
人生更有趣。

二〇一二年七月三日，农历五月十五日

改换门匾感言

当年致远居，

曾经创微绩。

今日抱朴斋，

自觉少声息。

木秀畏风恶，

人正惧谤语。

余生安宁度，

自在书中觅。

二〇一二年七月五日

黄龙洞

陡岩峭壁悬云雾，

鬼斧神工建洞府。

暗河潜流汇涌泉，

喷银吐玉泄明珠。

古传道士降黄龙，

今出真人驯老虎。

山寨成了不夜天，

农家走上小康路。

二〇一二年七月十四日

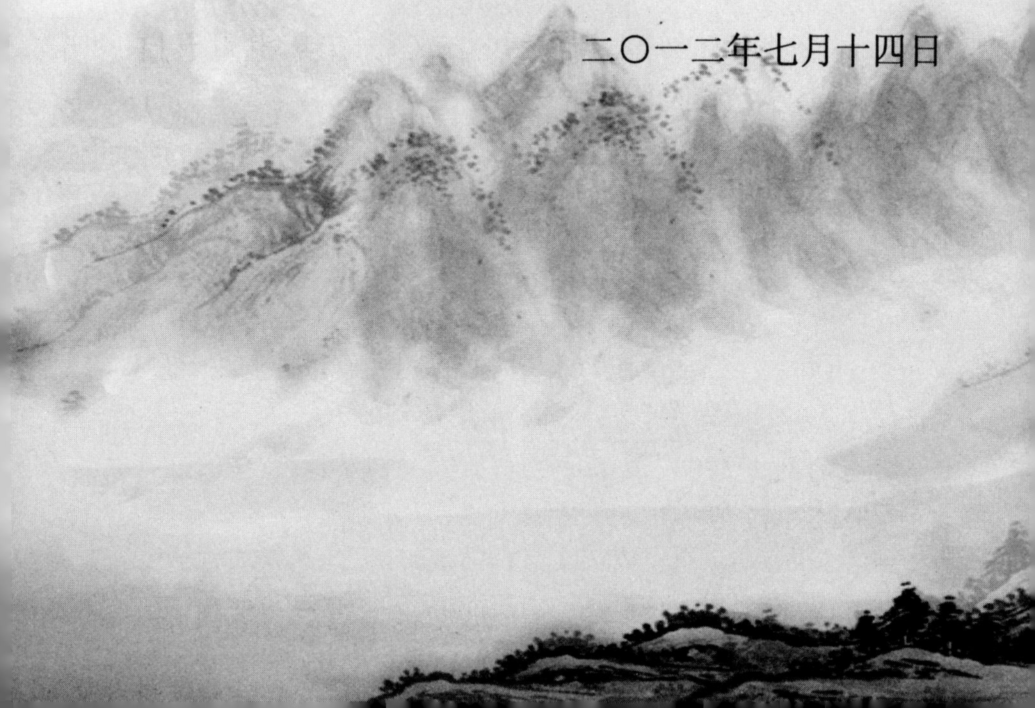

渔洋关

古镇渔洋关，

盛名天下传。

山灵茶至珍，

水秀人超凡。

承传小汉口，

复兴大发展。

今建新县城，

明朝更绚烂。

二〇一二年七月十五日

品骏王老窖感言

一滴琼浆落玉杯，

满屋芳香沁心扉。

此液仙宫也难觅，

落户凡间何人为？

李白若是重现身，

经典又让天下醉。

但信今贤超古圣，

骏王老窖孕诗魁。

二〇一二年七月十九日

释　疑

有人觉得我年过古稀，还那么急急匆匆，忙忙碌碌，很不以为然，有的出言不逊，有的满脸狐疑……

忙来忙去缘性急，
动手动脑因业需。
强身健体求康乐，
写诗作文图自娱。
论事不应同尺量，
评人何须一般齐。
殊途同归度晚年，
问心无愧当释疑。

二〇一二年七月二十日

夏日白溢寨

夏日攀登白溢寨，
清风送爽入胸怀。
踏云踩雾心顿宽，
极目放眼山变矮。
原始森林翠欲滴，
处女原野花盛开。
帅哥靓妹放歌喉，
文人骚客慕名来。

二〇一二年七月二十一日

国宝刘德培

农民讲故事，

草根成大师。

山乡出奇才，

国宝天下知。

一卷新笑府，

万众留赞词。

功德载史册，

经典永传世。

二〇一二年七月二十七日

月半哭父亲

拜天拜地祭祖灵，

伤心伤肝哭父亲：

拼死拼活创家业，

任劳任怨争和逊。

苦来苦去舍自己，

徒子徒孙享福荫。

真贤真德谁愿闻？

实话实说何人听？

二〇一二年八月十八日

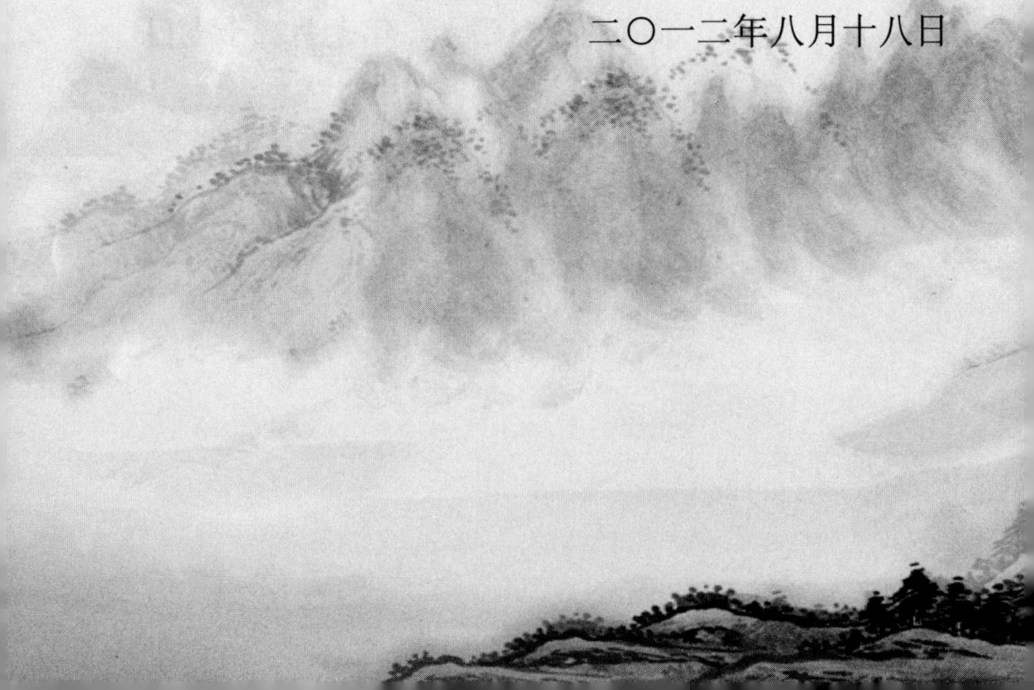

保钓！保钓！

志士登上钓鱼岛，
宣示主权国旗飘。
全球华人齐声援，
万顷海浪掀怒涛。
领土不容失寸分，
家里岂可住强盗。
肆意玩火必自焚，
抢掠霸占也徒劳。

二〇一二年八月十八日

指鹿为马新篇

指鹿为马本荒唐，
今人偏要去效仿：
趾高气扬弄权术，
志大才疏耍花腔；
真假颠倒定是非，
黑白混淆评短长；
对错都在他嘴里，
放屁犹自说好香。

二〇一二年八月十九日

掩卷《江姐》思江姐

江姐十指钉竹签，
鲜血绣成红旗艳。
如今贪官伸黑手，
恣意妄为捞金钱。
同是炎黄一子孙，
一个忠贞一个奸。
都为中共一党员，
一个腐败一个廉。
江姐地下若有知，
她该怎样看昨天？
江姐天上若有灵，
她该怎样看今天？
江姐人间若健在，
她该怎样看明天？
掩卷《江姐》思江姐，
但愿英魂能安眠！

二〇一二年八月二十一日

去韶山

乘车去韶山，

颠簸千里远。

心中有圣地，

劳顿也欣然。

二〇一二年八月二十一日

韶山看日出

奔波千里路，

韶山看日出。

虔诚集一心，

肃穆凝双眸。

口唱东方红，

手举红旗舞。

朝霞映满天，

灿烂遍神州。

二〇一二年八月二十二日

开天辟地两巨人

——拜谒韶山、花明楼感言

开天辟地两巨人，

携手并肩乾坤转。

星火燎原红旗举，

摧枯拉朽江山换。

斗转星移沧桑变，

国家交还人民管。

复兴中华万世功，

日月同辉千秋传。

二〇一二年八月二十二日

登岳阳楼抒怀

（一）

风尘仆仆奔洞庭，
情义拳拳拜希文。
极目江湖波浪息，
充耳楼阁弦歌声。
先忧后乐民为本，
从古至今教训深。
凭栏把酒告前贤，
盛世已然天心顺。

二〇一二年八月二十五日

（二）

神笔飞舞气如虹，

成就岳阳楼中雄。

都云范公文章好，

谁言张君建造功？

二〇一二年八月二十七日

梦上岳阳楼

梦游洞庭湖，

登上岳阳楼。

听到吕仙笑，

自乐杯中物；

看见范公哭，

心忧民间苦。

人神本异道，

何必居同屋！

二〇一二年八月二十七日

钟

坚守岗位显风采，
按部就班无懈怠。
分分秒秒求精准，
时时刻刻可信赖。
规行矩步度光阴，
从始至终不徘徊。
它是做人一面镜，
与时俱进促吾侪。

二〇一二年九月一日

读《桃花源记》

官宦贪无厌，

陶令愤其奸。

苦思无良策，

难救民倒悬。

世间无净土，

心臆桃花源。

绝景画一幅，

诱人逾千年。

二〇一二年九月四日

谢友人题词

泼墨馥郁醉，

挥毫龙凤飞。

尺幅天地广，

寸迹日月辉。

笔笔凝深情，

字字呈祥瑞。

藏品添珍奇，

传家增宝贝。

二〇一三年九月五日

西　洞

此洞传得奇，

直达西天里。

都说那边好，

谁也不肯去。

二〇一二年九月七日

一同看落日

2012 年春夏，小恙缠身，久治不愈，入秋以后，渐渐好了起来——

清风扫阴霾，

细雨洗尘埃。

高天悬夕阳，

大地满光彩。

牵起老伴手，

丢弃助行拐。

一同看落日，

晚霞暖胸怀。

二〇一二年九月九日

我 非 我

（糊涂歌）

我是小河一滴水，

我是僻壤一粒土，

我是荒山一棵草，

我是人中一小卒。

我怨自己长头脑，

我怨自己晓今古，

我怨自己知荣辱，

我怨自己不服输。

财富路上曾奋斗，

名利场中曾追逐，

是非窝内曾周旋，

关系网里曾企图。

听到太多坑人话，

看到太多敛财徒，
遇到太多不平事，
想到太多被辜负。
一想心里就愤懑，
一想心里就酸楚，
一想心里就悲凉，
一想心里就无助。
我本世间一过客，
我本可有也可无，
我本人微言语轻，
该出手时怎么出？
我恨自己求明哲，
我恨自己无硬骨，
我恨自己少机缘，
我恨自己装糊涂。
形势需要我糊涂，
有人需要我糊涂，
自己需要我糊涂，

我不糊涂谁糊涂！

该糊涂时要糊涂，

不该糊涂也糊涂，

糊涂糊涂学糊涂，

糊涂糊涂真糊涂。

糊糊涂涂变成人，

糊糊涂涂变成土，

来得糊涂去糊涂，

一生一世都糊涂！

二〇一二年九月十六日

不忘“九·一八”

又入梦魇“九·一八”，

不绝鬼子杀戮声。

悍然染指钓鱼岛，

旧债未还添新恨。

今日巨龙已腾飞，

岂容倭寇再横行。

利令智昏肇事端，

肆意玩火必自焚。

二〇一二年九月十八日

淡　定

功名利禄是浮云，

亲情友谊胜黄金。

你争我斗无赢家，

握手言欢益子孙。

花红酒绿不动心，

修身养性净灵魂。

日间不做亏心事，

夜半何惧鬼敲门？

二〇一二年九月二十二日

记趣中秋夜

金桂飘香沁心扉，
银月耀辉撒大地。
窗前置酒邀吴刚，
通宵对饮比高低。
手招老伴快斟酒，
轻敲碗盏唱小曲。
醉眼朦胧呼嫦娥，
快回人间选夫婿。

二〇一二年九月三十日，中秋之夜

伟业勿忘谁奠基

血雨腥风逆天理，

星火燎原顺民意。

披荆斩棘除腐恶，

摧枯拉朽开新宇。

建国元勋功盖世，

伟业勿忘谁奠基。

承前启后传精神，

继往开来慰先驱。

二〇一二年十月一日

入秋记

细雨落清凉，

枫林更红装。

山茶白花妍，

农舍金桂香。

二〇一二年十月九日

欣闻莫言获诺奖感言

欣闻诺奖择新主，

众望所归颁莫言。

评委终于睁慧眼，

乌云散去见青天。

中国文学多瑰宝，

历朝巨匠留经典。

当代大家若群星，

竞领风骚写新篇。

二〇一二年十月十二日

千　丈　岩

千丈悬岩缠云雾，

万米山泾变坦途。

西缀后河原始林，

东连柴埠大峡谷。

路旁屹立珍珠山，

国宝声名传千古。

旅游赏景缺五峰，

人生留影憾遗珠。

二〇一二年十月十四日

重阳吟

（一）

众人迎重九，
老叟却添愁。
事业无所成，
遗恨已白头。

（二）

平生喜交友，
未必入主流。
不求德有报，
但愿善无忧。

（三）

人生实苦短，

瞬间夕阳晚。

亲朋常别离，

唯有梦作伴。

（四）

好梦总难圆，

留下许多憾。

知足莫后悔，

名利须淡然。

二〇一二年十月二十三日，农历九月初九

爱心无国界

海啸掀巨流，

天惊地颤抖，

物遇毁灭灾，

人临生存忧。

一地遭劫难，

八方伸援手，

爱心无国界，

真情满宇宙。

四海皆兄弟，

五洲尽朋友，

世间多祸患，

何不泯恩仇？

兄弟心连心，

朋友手牵手，

重建新家园，

再造美地球。

修改旧作，二〇一二年十一月三日

重读弟书

风雨四十年，

飞鸿一百篇。

字字兄弟谊，

句句真情现。

本是同根生，

枝叶紧相连。

白纸墨香在，

岂容随意编。

二〇一二年十一月五日

庆贺十八大

科学发展指方向，

黄金十年著华章。

克难攻坚兴盛世，

民富国强建小康。

弊除风清人心顺，

励精图治党领航。

群贤聚智绘蓝图，

万众競力创辉煌。

二〇一二年十一月八日

重上马岩墩

重上马岩墩，
又见新农村。
当年稻米香，
至今赞民生。
改革开放后，
更上楼一层。
大道通山寨，
小康进家门。

二〇一二年十一月二十一日

注：曾有长篇通讯《马岩墩上稻米香》见诸报端。马岩墩乃民生大队。

忆记独岭游

淡云拂华颠[①]，

清风抚倦脸。

群鸟唱晨曲，

朝日绽笑颜。

满目尽林海，

远眺现炊烟。

趁兴喊山歌，

迴音天地间。

二〇一二年十一月二十五日

注：①指头顶上白发黑发相杂。

感恩马岩墩

天设马岩墩，

人造自然村，

雄奇黄龙洞，

古今扬名声。

史籍有记载，

民间多传闻，

未料世事变，

并村去名分。

虽然未迁徙，

却冠他籍人，

往事难忘怀，

件件记犹新：

接我凡间生，

铸我人世魂，

赐我生肖字，

扶我脚步正，

泽我家庭兴，

赏我情爱真，

导我奋斗路，

佑我事业成……

大恩难言报，

叶落定归根，

最美马岩墩，

盛名千秋存。

二○一二年十一月二十八日

仰瞻邓公像

攀上莲花山，
顿觉胸怀宽。
仰瞻邓公像，
俯首心肃然。
挥手春风起，
信步凯歌还。
改革总设计，
功业万世传。

二〇一二年十二月十三日

观　海

一轮夕阳天边行，

万顷碧波览无垠。

小船慢弋逗鱼跃，

掬水拂面洗旅尘。

曾闻无风三尺浪，

却见海阔一展平。

慈母尽知赤子意，

风平浪静好观景。

二〇一二年十二月十三日

我说世界末日论

惶惶世界末日论，

真正相信无几人。

过了今天你再看，

太阳照常东方升。

人类当恨自作孽，

地球千疮满伤痕。

手下留情护环境，

竭尽全力为子孙。

二〇一二年十二月二十一日

忆五峰二中三位老校长

宁定中

呕心沥血建学堂，
春风化雨育栋梁。
五峰二中出英才，
都夸拓荒老校长。
走下讲台上政坛，
当官为民树榜样。
退休已然二十载，
人们还夸老县长。

二〇一二年十二月二十六日

向昌科

为给山区治贫穷，
向着太阳进五峰。

昌文授业才俊多，

科学施教桃李红。

老骥伏枥家和美，

师风典范人尊崇。

祝词浅淡是真心，

福寿高过不老松。

二〇一二年十二月二十八日

李德成

德才兼备受敬仰，

高智天成育栋梁。

望子成龙沥心血，

重行施教凝鬓霜。

为国不记少时冤，

人心是秤知短长。

师风文训惠我辈，

表里如一真榜样。

二〇一二年十二月三十日

家乡雪

铺天盖地雪飞舞，

玉树银枝花晶莹。

河边不闻流水声，

山里难觅行人影。

群峰巍峨祥瑞降，

峡谷幽寂紫烟升。

寒风吹拂驱浊气，

冰凌融化洗垢尘。

二〇一三年一月四日

文学奖

五花八门设奖项，
明争暗斗显锋芒。
褒贬异同说是非，
优劣高低论短长。
评委难读千卷书，
慧眼遗珠也正常。
心仪李杜真圣手，
传世才是好文章。

二〇一三年一月十三日

某类官素描

舌头嗜好品百珍，

肚量宽广纳千金。

充耳不闻民生事，

睁眼只把财色寻。

酒囊饭袋装祸水，

贪赃枉法蚀魂灵。

恣意伸手前程毁，

妄为动步深渊近。

二〇一三年一月二十九日

车行过中山

2012 年 12 月 14 日，从深圳到广州，车行经过中山市——

车行过中山，

心中起波澜。

千年一伟人，

万代树典范。

华夏兴共和，

帝制不复还。

圣地未参拜，

终身留遗憾。

二〇一三年二月一日追记留句

小河殇歌

清流欢唱越千载，

岂知遭遇灭顶灾：

矿碴倾覆潭变滩，

珍木滥伐材做柴；

心狠手毒弄鱼汉，

网炸电毒一齐来。

水族生物绝子孙，

小河殇歌谁理睬？

二〇一三年二月十九日

梦里小桥遇故友

门前小桥遇故友，
快步迎上紧握手。
万千言语说不出，
四目传情泪涌流。
一别阴阳肝肠断，
两重天地难聚首。
心知身处幻影中，
唯恐梦醒添离愁。

二〇一三年二月二十一日

陆渔公路开通随想

龙年岁末，欣闻宜都陆城至五峰渔洋关一级公路全线贯通，从心里欢庆五峰土汉兄弟的大喜事——

龙年岁末喜讯传，
陆渔公路全贯穿。
当年跋涉两三日，
今朝车行一时间。
精彩世界进五峰，
神秘珍奇出渔关。
大道畅通千家富，
小康实现万人欢。

二〇一三年三月四日

劝君少吹肥皂泡

海市蜃楼本缥缈，
富丽堂皇显奇妙。
色彩斑斓迷人眼，
风吹云散瞬时消。
脚踏实地建高楼，
诚信真善基础牢。
痴人说梦误民生，
劝君少吹肥皂泡。

二〇一三年三月十五日

苍天在上

——读报刊上贪腐案例有感

狼狈为奸耍阴谋，
沆瀣一气装正经。
移花接木危大厦，
偷梁换柱失民心。
专断独行一言堂，
狐假虎威贰臣心。
为非作歹遭报应，
天怨人怒响雷霆！

二〇一三年三月十七日

说古不道今

都讲好人有好报，

我说此论实牵强。

多传忠臣岁月短，

少见奸佞命不长。

岳飞不惑陷冤狱，

秦桧耄耋居庙堂。

两只老眼阅春秋，

一杯苦茶品兴亡。

二〇一三年三月十九日

遥望莲花山

遥望莲花山，

邓公乐粲然。

喜见启后人，

拜师授真传。

为圆中国梦，

改革再扬帆。

华夏大复兴，

全球共仰瞻。

二〇一三年三月二十四日

叹岳麓书院无缘览

岳麓书院天下知，

专注拜瞻未逢时，

满室瑰宝无缘见，

抱憾归去心已痴。

二〇一三年三月二十六日

清明雨

清明祭故人，

天公洒泪雨。

犹见英烈血，

滋润芳草地。

孕育中国梦，

谱写进行曲。

释放正能量，

花开更绚丽。

二〇一三年四月五日

自　律

时时掂轻重，

处处量短长。

言行须谨慎，

荣誉当谦让。

无私心底宽，

少欲胸怀广。

坦荡做平民，

虔诚敬上苍！

二〇一三年四月十三日

师长 · 文友（四首）

李传锋

当年辅导张祖诚，

一篇佳作誉全省。

仰慕求师我自荐，

欣然赐教他心诚。

倾情把脉《水猫子》，

手书变作铅字文。

“身在宝山勤开采”，

语重心长益终身。

二〇一三年四月十八日

注： 张祖诚是五峰县第一个省作家协会会员，短篇小说《麻老汪森林奖》获《长江文艺》佳作奖；《水猫子》载《长江文艺》《草原》。

王作栋

慧眼识珠护国宝，
伯乐相马育艺苗。
清贫寒士遇贵人，
趣味相投成至交。
君来五峰必约会，
我去宜昌定相邀。
一笔难写两个王，
心灵相通友情牢。

二〇一三年四月十九日

高家尧

启蒙授业热情高，
苦心扶我走正道。
把手教写《枪和笔》，
助力打响第一炮。
群众文化同谋划，
民间艺术共商讨。

老师耄耋再青春，

学生古稀岂逍遥。

二〇一三年四月二十日

注：《枪和笔》获五峰县文艺会演创作奖第一名，小戏《哑炮的故事》演出后获好评。

方衡生

《一把三弦》拨雅音，

南曲从此扬名声。

《打罐结亲》传佳话，

奇葩倾倒江城人。

当年"三同"到我家，

把手教我写诗文。

如今抢宝传真经，

我辈甘当一学生。

二〇一三年五月八日

注：《一把三弦》《打罐结亲》都是方衡生创作的剧本。

致芦山

山崩地裂乱石飞，

房垮屋塌家园毁。

老天无情降奇灾，

祖国有爱暖心扉。

四面八方伸援手，

五湖九州送恩惠。

合力焕发正能量，

芦山明天梦更美。

二〇一三年四月二十二日

老虎苍蝇一起打

老虎苍蝇一起打，
肃贪反腐除人渣，
正本清源净乾坤，
廉政为民安天下。

二〇一三年五月一日

母亲节述怀

乱世降草庐，
乳期丧生母。
父子遭劫难，
受尽人间苦。
庆幸续后娘，
诗我如己出。
父母恩情重，
大爱铭肺腑。

二〇一三年五月十二日

挚友诤言

挚友真情送诤语，

振聋发聩响霹雳：

“遇到风浪抬起头，

不要让人瞧不起”！

空谈误国误事业，

实干兴邦兴自己。

画饼充饥是笑谈，

作品才叫硬道理！

二〇一三年五月二十一日

感恩贵人

平生多贵人，

绝境皆新生。

每逢转运时，

不忘先感恩。

二〇一三年五月二十四日

聆听宋祖英演唱会手记

我非粉丝追星人，
只为礼尚谢盛情。
平生首临大场面，
屏声静气聚精神。
三万听众“推妹娃”，
感动上天雨暂停。
天籁之音醉三峡，
民歌天后扬美名！

二〇一三年五月二十六日

注： 朋友买票相邀，去为答谢；宋祖英演唱《龙船调》时一句“妹娃要过河，哪个来推我嘛”，三万听众齐声“我来推你嘛”；五月二十五日全天大雨，唯演唱会开幕到闭幕之间雨暂停，甚奇！

梦凤凰

梦游凤凰景，

拜谒沈从文。

漫步询乡俗，

穿越觅边城。

乐极惊梦醒，

真情发心声：

凤凰不亲游，

枉自做文人！

二〇一三年六月一日

注：边城，中国当代著名作家沈从文创作的长篇小说名。

游凤凰

心仪凤凰久，

如愿今日游。

淳风扑面来，

古韵满眼收。

犹进桃花源，

觅趣解千愁。

身入仙境中，

竟行忘回头。

二〇一三年六月六日

别凤凰

凤凰美绝伦，
沱江净灵魂。
喜入花城中，
乐不思归程。
盛筵终须散，
酒醉总会醒。
但冀不日后，
再拜沈从文。

二〇一三年六月八日

登张家界天门山记

传奇天门洞，惊现于 1300 米峭壁之上，险、峻、奇冠绝天下，22 里公路 99 道弯扶遥直上云端，999 级台阶直达天门洞口，天界触手可及，只在一步之间！

遥望天门山，
高耸入云端。
老朽逾古稀，
斗胆来登攀。
奋力达洞口，
举目放眼看。
一览众山小，
怡情天地间。

二〇一三年六月九日

天门山印象

白云深处闻诵经，
原始林中听古筝。
跨越天堑走栈道，
刘海砍樵入实景。
飞禽走兽相嬉戏，
翠峰绿水育山魂。
游客流连忘归期，
山民全成老寿星。

二〇一三年六月十日

注：新刘海砍樵《天门狐仙》为大型高山峡谷实景音乐剧。

最美飞天梦

最美中国梦，
神十上太空。
华夏飞天人，
当代真英雄。
九天去揽月，
五洲齐赞颂。
宇宙自由行，
人类不朽功！

二〇一三年六月十一日

父亲节思父亲

悠悠万事父为大，
重重恩情怎报答？
十年祭日已远去，
音容笑貌永在家。

二〇一三年六月十六日

生日自责

虚度光阴七十年，
功名富贵不挨边。
传家立业无显绩，
舞文弄墨未立言。
碌碌无为白头悔，
忙忙一世空留怨。
桑榆无限醒未迟，
笑拥晚霞映诗篇。

二〇一三年六月二十二日，农历五月十五日

生日自勉

——借方一方先生句并步其韵

七十高寿古来稀，
而今逾越不觉奇。
人间苦难全尝遍，
世态炎凉皆经历。
心有愿景梦未圆，
面向夕阳再努力。
老骥痴迷耕耘乐，
无须扬鞭自奋蹄。

二〇一三年六月二十三日，农历五月十六日

致友人生日短信

五彩缤纷世界美，

唯有友情最珍贵。

今天快乐尽属你，

我在远方举酒杯……

二〇一三年六月二十三日

心的户籍

——远行致妻子

心的户籍交给你，

此生今世不迁移，

走遍东西南北中，

爱有所属盼归期！

二〇一三年六月二十九日

甜　妹

巧遇甜妹识芳馨，

相见恨晚结知音。

暮年重燃青春火，

新岁再现不惑心。

志同纵论天下事，

道合畅谈身边人。

萍水相逢成至交，

心有灵犀真友情。

二〇一三年七月十二日

屋后香樟树

房前桂花有客誉，
屋后樟树无人评。
飞来种籽落地生，
挺拔伟岸自成形。
夏遮烈炎冬挡风，
坚韧不拔受尊敬。
秀木良材无瘢疖，
可当世人一面镜。

二〇一三年七月十三日

醉别友

凄凄戚戚喝闷酒，
咽咽泣泣别至友。
趔趔趄趄叫再见，
晕晕乎乎频招手。
朦朦胧胧不识路，
踉踉跄跄往家走。
淅淅沥沥泪湿衣，
悲悲切切猛击头……

二〇一三年七月十五日

柴埠溪撷奇（九首）

神笔峰

文曲星君饮醉酒，
遛到凡间信步游。
趁兴造访柴埠溪，
泼墨挥毫绘锦绣：
奇峰三千白云绕，
幽峡百里碧水流。
绝景冠地惊万世，
神笔擎天传千秋！

二〇一三年七月二十日

对棋台

舜帝巴王论疆界，
相约山顶摆擂台。
棋逢对手无输赢，
帅遇良将竞风采。
握手言欢和为贵，
国泰民安地生财。
遗下残局无人解，
昭示后世接踵来！

二〇一三年七月二十二日

圣水观音

盘古开天造万物，

观音出山鼎力助。

手持净瓶洒圣水，

云游天下赐甘露。

终使山清水长流，

安得人间万民福。

留下身影镇山鬼，

谁见菩萨不仰目？

二〇一三年七月二十二日

雀尕石

一只仙鸟下凡尘，

自由翱翔庆新生。

从此拒绝回天庭，

嬗变石雀隐真身。

仙鸟至今灵气在，

百禽聚首它为尊。

留给世人奇景观，

看客不绝赞美声。

二〇一三年七月二十三日

对嘴石

水妹出生小河边，

山哥住在大山巅。

青梅竹马同玩耍，

天长日久生爱恋。

两人约会遭惩罚，

爹举棍棒母挥鞭，

山神怜悯施法术，

对嘴相拥千万年！

二〇一三年七月二十四日

情人桥

情人桥上唱情歌，
开头一曲悲剧多。
张郎飞下殉情崖，
李妹跳入遗恨河。
且喜天亮世道变，
男欢女爱桥上过。
今日牵手结同心，
明年就抱小阿哥。

二〇一三年七月二十五日

土王点兵

土王点兵气势雄，

千军万马跃葱茏。

长途出征杀倭寇，

短兵相接建奇功。

将士凯旋传捷报，

君王驾迎绽笑容。

肃然屹立仰首望，

指点江山傲苍穹。

二〇一三年七月二十六日

马兰泉

彩虹俗名叫马兰，

雨后天晴现斑斓。

人们忌讳它出现，

不是水淹就干旱。

天象随着世道变，

马兰横空跨千山。

抻衣整冠拜灵泉，

心虔意诚见奇观。

二〇一三年七月二十六日

墨池·神笔·笔架山

天上文曲太随便，
丢三落四在人间。
笔墨纸砚任意放，
同师共祖不挨边。
文人骚客慕名来，
泰斗[①]领军二百年。
五湖九洲观光客，
赏景览胜续诗篇。

二〇一三年七月二十七日

注：①泰斗，指田泰斗，土家族诗人，有《望鹤楼诗钞》传世。

建军节述怀

掌上千秋史，
胸中百万兵。
赤旗扫黑暗，
华夏获新生。
领圆强军梦，
卫国保安宁。
长城永不倒，
勿忘创建人。

二〇一三年八月一日

无　题

曹植七步诗，

世人谁不知？

天设一巨星，

惜早殒王室！

二〇一三年八月三日

黄连山·歪尖子

祖师菩萨选寺观，
飞身驾临黄连山。
一脚踩成歪尖子，
连呼善哉叹遗憾。
当今建起转播站，
千峰入云它为冠。
莫言此处天地小，
可将全球音像传。

二〇一三年八月八日

注：传说祖师菩萨选观址，驾云来至黄连山顶，一脚踩下山巅歪，歪尖子由此得名。

又是七月七

又是一年七月七，
牛郎鹊桥会织女，
凡人何虑仙家事，
从此今日只说妻。

二〇一三年八月十三日，农历七月初七

茶马古道

湖北五峰有一条堪与古丝绸之路相媲美的茶马古道——前坪古道遗址。

驼铃声声马帮来，
茶歌阵阵山门开。
披星戴月上高峰，
餐风宿露穿林海。
人肩马驮攀悬崖，
经年累月走山寨。
一条古道历春秋，
百年盛事今缅怀。

二〇一三年八月二十一日

再读《明史》挽朱裔（九首）

朱元璋（明太祖）

英武圣明扫群雄，
奉天承运归一统。
藏弓烹犬戮功臣，
遗祸子孙国运凶。

二〇一三年八月二十七日

朱允炆（明惠帝）

孙承祖业继大位，
势单力薄社稷危，
功臣良将早除尽，
一朝覆亡咎由谁？

二〇一三年八月二十七日

朱　棣（明成祖）

羽翼丰满强制软，

叔侄斗法石击卵，

大明江山都姓朱，

你抢我夺争着玩！

二〇一三年八月二十七日

朱祁镇（明英宗）

冲龄践祚少德行，

宠幸阉宦屠忠臣，

违弃祖制乱庙堂，

朱家从此不安稳。

二〇一三年八月三十一日

朱厚照（明武宗）

风流皇帝荒唐君，
丑陋阉宦奸佞臣，
沆瀣一气朝纲乱，
戏谑天下罪孽深。

二〇一三年八月三十一日

朱厚熜（明世宗）

贵为天子不自尊，
修斋建醮入禁城，
饱食丹砂求长生，
祸国殃民遗丑闻。

二〇一三年八月三十一日

朱翊钧（明神宗）

巧取豪夺逼民反，

山南海北烽火燃，

昏君妄自逆天行，

能臣也难挽狂澜。

二〇一三年八月三十一日

朱由检（明思宗）

朱家天下气数尽，

大厦倾倒谁能擎，

投环自裁罪昭彰，

亡国君王留骂名！

二〇一三年八月三十一日

朱由榔（南明永历帝）

江山倾覆朝代换，

洪武再世回天难，

引颈洒血祭先祖，

偃旗息鼓化民安。

二〇一三年八月三十一日

桂花雨

清晨起床觉凉意，

卸去夏装换秋衣。

轻手推开窗戶门，

满眼飘落桂花雨。

漫步出屋胜景现，

遍地铺金芳香溢。

胜饮月宫吳刚酒，

喜闻农家圆梦曲。

二〇一三年九月六日

秋 日

天高云淡雁南行，

风和日丽人爽心，

枫树悄然换红妆，

桂花撒下满地金。

二〇一三年九月七日

自训

我本一小民，

意欲学陶翁。

面对家国事，

敢不为大公！

二〇一三年九月十九日

黄山吟

天开神秀冠古今，

地孕仙景美绝伦。

松涛如歌迎宾客，

绿水似弦觅知音。

唐风清韵凝高雅，

古言今声聚淳真。

黄山归来不看山，

凭添相思吟诗文。

二〇一三年九月二十日

黄山游记

驰骋绩溪奔龙川[1]，

徜洋宏村[2]游黄山，

追寻伟人脚步走[3]，

一介布衣心坦然。

二〇一三年九月二十一日

注：①绩溪、龙川：安徽省县名、镇名。②宏村：安徽省黟县村名，入选世界文化遗产名录。③原国家主席胡锦涛2013年9月12日至18日考察黄山、宏村、绩溪、龙川等地。

夜宿景德镇

乘车皖赣行，
夜入景德镇。
信步探瑰宝，
满街赏奇珍。
无瓷不为店，
果真非虚名。
归宿开怀饮，
酣睡到天明。

二〇一三年九月二十二日

内蒙古之行掠影（旧作六首）

凭吊昭君墓

（一）

边关经年燃战火，
北疆从来多灾祸。
请旨和亲走塞外，
踏灭烽烟息干戈。
兄弟姊妹结同心，
琵琶胡笳声相和。
青冢草茂绿千秋，
明妃功伟誉万国。

（二）

汉匈竟宁倚女流，
枉拜将相白封侯。
君王生前添笑谈，
昭君身后名永留。

拜谒成吉思汗陵

弯弓射雕闯关险，
开疆拓土扫尘埃。
纵横捭阖平天下，
运筹帷幄改朝代。
文治武功垂青史，
雄才大略扬中外。
一代天骄铸丰碑，
万人景仰谁不拜？

寄言包头岩画馆

浩瀚草原少石壁，
偏有岩画多真迹。
方寸大小知古今，
咫尺远近见珍奇。
何处高手镌墨宝？
哪方大师留绝笔？

此景只应天宫有，
遗落人间谁解谜？

参观恐龙园有感

盘古开天物种稀，
恐龙为王子孙齐。
家族兴旺成圣境，
仙宫眼红生妒忌。
抛出小星砸下界，
生灵涂炭无踪迹。
地球从来多灾难，
人类自己当珍惜。

王爷服记趣

内蒙古草原行，朋友酒后赠送“王爷服”。我欲带回家作草原行纪念，不料竟丢失。甚有趣，特记之——

蒙古包里喜相聚，

推杯把盏醉如泥。

朋友趁兴送王服，

我亦穿戴抖神气。

本欲带回不翼飞，

心虽怅然却有趣。

莫非神灵作暗示，

做人切莫失自己。

二〇一一年八月旧作，

二〇一三年九月三十日修改

附录一

歌词小辑

山　花

山花，山花，

艳似彩虹，

山花，山花，

红如朝霞。

土家姑娘花中走，

花衣花树美如画，

播下金色的种子，

浇灌绿色的新芽，

孕育生命的蓓蕾，

装点美丽的土家。

土家的生活像花一样美，

土家人哟爱山花！

山花，山花，

芳香四溢，

山花，山花，

朴实无华。

土家姑娘花中走，

花衣花树美如画，

栽培希望的幼苗，

催开理想的鲜花，

结出香甜的果实，

醉了富足的土家。

土家的生活像蜜一样甜，

土家人哟爱山花！

与方歌合作

边疆哥哥回

边疆哥哥回，

喜坏茶山妹，

抓一把云雾茶，

舀一瓢清泉水，

冷水泡茶无滋味，

架起明火煨，

热气腾腾茶飘香，

浓似乳汁味醇美，

一片深情融茶中，

哥哥啊，

请你喝一杯。

哪个心没醉

茶山美，茶山美，

茶山春光美——

芽儿嫩，味儿醇，

叶儿鲜，色儿翠……

茶山姑娘进茶林，

茶林处处绽春蕾，

茶香围着姑娘飘，

春风围着姑娘吹，

茶山姑娘娃哟，

哪个心没醉？

茶山美，茶山美，

茶山姑娘美——

心儿灵，手儿巧，

嗓儿甜，歌声脆……

茶山姑娘进茶林，

茶林处处吐芳菲，

蜜蜂围着姑娘转，

彩蝶围着姑娘飞，

茶山小伙子哟，

哪个心没醉？

老师，您尝尝新

星期天，天气晴，

我跟妈妈进茶林。

茶叶鲜呀茶叶嫩，

香喷喷哪甜津津。

多多采呀快快采，

我跟妈妈比干劲。

采得香茶送老师，

滴滴香茶融深情。

老师，老师，您辛苦了！

老师，老师，您尝尝新！

梦　花

梦花，梦花，
土家人希望的花，
花一样的梦，
梦一样的花，
花儿绽放，香了千万家。

梦花啊，梦花，
做一个梦挽一个结，
一个结一个希望的萌芽，
梦花啊，梦花，
做一个梦开一朵花，
一朵花一片理想的朝霞。
挽了千千（个）结，
开了千千（朵）花，

土家人美梦终成真，

山寨处处欣欣向荣美如画。

梦花，梦花，

土家人理想的花，

花一样的梦，

梦一样的花，

花儿争艳，醉了千万家。

小草帽

小草帽，小草帽，
小小草帽是个宝——
天晴他遮阴，
天热当扇摇，
下雨下雪当斗笠，
装这装那当盆瓢，
休息用他当座垫，
烂了用他把纸造……
一生多贡献哪，
不为自己想分毫，
要他干啥就干啥呀，
谁个不爱小草帽。

走进柴埠溪

走进柴埠溪，
人间仙境拥抱你，
山青水绿风景美，
千姿万态天下奇。

走进柴埠溪，
人间仙女呼唤你，
舞美歌甜游人醉，
千曲万调世难觅。

走进柴埠溪，
土家山寨欢迎你，
魂牵梦萦不思归，
千言万语永相忆。

附录二

和谐家庭五句子歌

科学发展多读书

书中自有发家图，

书中自有致富路，

书中自有好经验，

书中自有新技术，

科学发展多读书。

人生学习无止境

天上星星数不清，

地上知识学不尽，

星星越多眼越亮，

知识越多心越明，

人生学习无止境。

电脑是个知识库

爷爷心想学电脑，
孙子来把爷爷教。
电脑是个知识库，
一按鼠标都知道。
爷爷搂着孙子笑。

农家书屋进了门

农家书屋进了门，
满屋传来读书声，
学了科技搞革新，
学了法律知准绳。
全家都成明白人。

一个家庭一台戏

一个家庭一台戏，
自编自演自谱曲，

自导自拍自录制，

自娱自乐自赏析，

喜看文艺大普及。

堂堂正正做公民

家轻国重心里明，

利国利民我先行。

损公肥私不沾边，

廉洁奉公是准星，

堂堂正正做公民。

百姓心里有杆秤

百姓心里有杆秤，

不称重来不称轻，

不称金来不称银，

专称世上公仆心，

光明磊落不怕称。

有规有矩心眼明

东南西北方位定，

有规有矩心眼明。

村有村规应遵守，

国有国法要执行。

安居乐业享太平。

平安意识是根弦

平安意识是根弦，

紧紧绷在心里边。

年年月月排隐患，

时时刻刻讲安全，

生命财产双保险。

安全生产是根绳

安全生产是根绳，

牢牢拴住全家人。

粗心大意事故多，

轻举妄动惨剧生，

人亡家毁空悔恨。

全家和气生金银

父子和气迎财运，

兄弟和气竞耕耘，

婆媳和气盈温馨。

夫妻和气结同心，

全家和气生金银。

人和家旺万事兴

父母子女骨肉亲，

兄弟姐妹手足情，

姑嫂妯娌互珍爱，

婆媳翁婿敬如宾。

人和家旺万事兴。

个人心中有杆秤

朋友情谊有浅深，
兄弟手足无疏亲，
父母慈爱明轻重，
儿女孝道辨假真，
个人心中有杆秤。

夫妻恩爱到永久

同天同地同日头，
同心同德同奋斗。
同来同往同生活，
同喜同乐同忧愁。
夫妻恩爱到永久。

家庭幸福国富强

一个篱笆三个桩，
一个好汉三个帮。

一个家庭一条心，

群策群力奔小康。

家庭幸福国富强。

打铁先要本身硬

跟着端公扛假神，

跟着好人学好人，

跟着良师成良才，

跟着贤父学贤能。

打铁先靠本身硬。

响鼓也要棒槌敲

杉树要柯才成条，

棕绳要搓才坚牢，

幼苗要育才成林，

儿女要教才成宝。

响鼓也要棒槌敲。

真才实学成栋梁

猎人打猎要好枪，
渔民捕鱼要好网，
农夫耕田要好牛，
铁匠打铁要好钢。
真才实学成栋梁。

见异思迁都徒劳

这山望到那山高，
这河望到那河小，
这事望到那事易，
这路望到那路遥。
见异思迁都徒劳。

千锤百炼铁成钢

千锤百炼铁成钢，
千摔万打体质强。

全家老小齐锻炼，

祖孙四代同一堂。

无病无灾人兴旺。

洁身自好免祸殃

色情是张迷魂网，

酗酒自饮伤心汤，

赌博走上不归路，

吸毒就是上刑场。

洁身自好免祸殃。

节能环保作贡献

一人少吸一支烟，

一人少用一度电，

一人少耗一杯水，

全家老少齐动员，

节能环保作贡献。

环保关系每个人

常在河边识水性，

常在山里知鸟音。

人与自然共和谐，

和平相处互依存。

环保关系每个人。

中华美德永发扬

父慈子孝家兴旺，

尊老爱幼人高尚。

扶危济困树正气，

帮弱助残做榜样。

中华美德永发扬。

和衷共济胜远亲

左邻右舍互照应，

楼上楼下互关心，

常来常往增友谊，

互帮互助结深情。

和衷共济胜远亲。

先人后己做榜样

凡事先为别人想，

不为私利争短长。

宁在前面刷露水，

不让后人湿衣裳。

先人后己做榜样。

乐善好施共患难

不测风云难判断，

旦夕祸福难测算。

灾害无情人有情，

乐善好施共患难。

中华美德天下传。

败家容易兴家难

兴家好比移大山，

败家如同水泛滥。

十年大山难移走，

百年大堤一时完。

败家容易兴家难。

《抱朴斋诗笺》评论

与自己的内心对话

——《抱朴斋诗笺》阅读札记

廖崇纲

永红先生的诗集《抱朴斋诗笺》即将付梓，他让我说说自己的看法。我知道，永红先生这样要求，并不是要什么一味地“歌德”和“贴金”，而是真心想听听一位朋友的意见——这种意见不管褒贬，都是他所乐见乐闻的。自然也不是因为我对诗歌有什么研究。只是因为我与他认识了几十年，我们不是吹吹拍拍吃吃喝喝的哥们，而是可以贴近了心思说话的朋友。

一个地方的文学与一个地方的人是有些关系的，与一个地方的一个群体，甚至一个人也是有关系的。这个群体或几个人，可能得风气之先，可能在某个文学领域有所建树，也可能特别热衷于文学活动。或者，他主持着一种刊物，在本县文联或作协（1991 年 7 月以前是在五峰县文化馆）从事业余文学辅导和组织工作等。我们都可以从这些方面，去发现这些年的五峰文艺创作与永红先生的一些关联。

我最初得以结识永红先生，是当时在五峰县文化馆主持县级文艺刊物的王作栋先生介绍的。在作栋先生离开五峰之后，写给我和文友学雄、刘平的一封长信里，他还特别说“你们在五峰从事业余文学创作，王永红是可以信赖的一位好朋友”。

五峰山地的一班文朋诗友切磋作品已经多年了。在 20 世纪 70 年代、80 年代的山区，有在地区内小有名气的小说散文作者和诗歌作者，后来这些作者日益成长。其中的佼佼者自然少不了永红先生，他对小说、报告文学、歌词、新民歌及演艺作品等都各擅胜场，多有佳构，他也辅导了一些作者，带动了一些作者，他为五峰现在这样的文学创作格局作出了自己的努力和奉献。

我以为这是五峰一个值得探讨的文学或文化现象。文学从最本源的意义上说，是每个知识者都可以拥有或选择的精神生活方式。在我们个体的生命经历中，都曾经有过用文学表达自己的情感与经验的冲动。只是这样的冲动需要内因与外因的碰撞，也需要个体内心的坚持。

永红先生从事旧体诗歌创作，还是近几年的事。更确切地说，还是长篇小说《享受父爱》出版发行之后的事。

《享受父爱》出版之后，他先是打算集中一段时间完成一部中篇小说集子，然后把《享受父爱》认真修改一遍。由于岁月匆匆，人事繁杂，几次动笔几番停顿。因而只好舍本求末暂时放下手头的小说创作，随着心情和日常感受，提笔写写旧体诗。不想一路写下来，不到两年的时间，就有了现在这本集子的如许篇什，粗粗也有了 100 多首，算上舍弃的，写了怕有 200 首。

我没有就旧体诗歌创作与永红先生做过深入的讨论。可否认为，在借用的意义上，永红先生会倾向于旧体诗歌应该是“兴发感愤、忧患情怀”方有诗意抒发，诗情流淌的意味，它与其他样式的诗歌形式，如现代新诗、新编民歌和格律诗词等抑或有比较严格的区别。在永红先生的旧体诗歌疆域里，很少虚里吧唧的浮词滥调。我作为朋友，仔细阅读永红先生的旧体诗歌，可以感知诗歌的种子一直在他的心中孕育生长，他始终以诗意的姿态保持着个人内心的精神自由，保持个人操守心性的自我完善，让精神的力量鼓舞起自由想象的翅膀，在天空在大地在诗人心底，在诗歌中，凝聚作者的沉思冥想以及沉思冥想里时时绽放出的思想的火星，让他的旧体诗生发出别样的叙述质感。

笔者认为，《抱朴斋诗笺》集子里的不少旧体诗歌，都是作者自己与自己在对话，甚至是在内心叩问着自己，这是否可以说，就是作者自己思考后的，在内心的自我对话呢？

“诗者，志之所知也。在心为志，发言为诗。”（见《毛诗序》）自古以来，人们借由诗歌表达思想、寄托情思、感愤时艰，莫不一抒襟怀，一吐郁垒。回眸过往，在将近 4/5 的世纪里，许多人事，许多忧乐，许多汗水与收获，许多无奈与茫然……足以让我们长时间回味。

在诵读永红先生旧体诗歌的时候，我们可以共同回味沉淀在时间里的许多记忆和充满诗意的往事。

为什么我们至今对 20 世纪 70 年代末 80 年代初的五峰业余创作活动，对只有短短 3 期的《溪流》油印小刊，还是那么怀念。就是因为在那时，诸如文学之类的生活方式曾经是一些人的选择，而不是以后的物质与财富的追逐。那个年代，山区的文学朋友，就在渔洋河畔、天池河边，在安化桥头、县委大院的低矮土墙宿舍，在文化馆，在作栋、永红、师帅三位先生的宿舍，在某一个文友家里，经常聚集一起，品茶喝酒、论文说诗，纵论天下，臧否人物，并不觉得自己就多么的弱小，也不觉得那方土地就怎样的逼仄。

那确实是一段颇有抒情味道的值得记忆的时光。

得知五峰唯一的文艺刊物《柴埠溪》杂志没有基本的办刊费用，靠谦卑的“化缘”和好心的“施舍”，维持一年一期或两期刊物的不定期编辑出版。永红先生时刻居心于这件事——并且单刀匹马筹措资金支持编辑出版了两三期《柴埠溪》杂志。这的确是因为，永红先生与这本刊物感情极深——从《五峰文化》到《山茶花》，再到只办了一期的16 开本《天池》，他都是参与者或主事人，谈及此事，他有些激动，也感触良多。

客观上讲，在发展就是硬道理、经济建设第一位的当下，说一种刊物的经费问题，很是不合时宜。这种几乎不会涉及一地经济发展的文学艺术现状的动议，对一个地方的文化创建显然是不够正能量的。难能可贵的是，永红先生知不可为而着力为之，没有私心，只有为五峰文艺工作鼓与呼的担当和坚守。在 2011 年年初，永红先生把握住一个机会，也是信赖一个知识性领导的开明——他以年近古稀文化人的经验和经历，掏出一颗鲜活的乡贤之心，说出五峰县文艺期刊的过往去来以及它的困境。

这位领导体谅文化人的坚持和执着，把磕磕绊绊办了三四十年的期刊，纳入预算，从另册转入“正规期刊方阵”，可以迈出堂堂正正的“齐步走”——脚踏着五峰的大地，向着太阳前进。

现在回想，当年的那些朋友大多星散县内外各地，或已敲门成功或为生计所迫，或为寻求新锐的创作空间，或去谋求更大的事业成就。没有放手的朋友，并且一直坚守文学的，永红先生算一个。冲着这一点，我对永红先生是钦佩的。这是一个对地方文化坚守的人，也是在创作上做出了牺牲的人。我没有就这方面的事和永红先生作深入的意见交流，我宁愿他的创作是快乐的，也是有成就感的。因为看到一些年轻的文学面孔加入到五峰作家队伍中，我们与永红先生一起感到欣慰。

诚然，永红先生的作品并没有企图去为历史做什么记录，为时代留下什么写照。相对而言，它们与永红先生日常的所思所想所虑，与一个人当时当事的心情关系更大。所以，我们在永红先生的作品中很少看到“为赋新词强说愁”的虚饰文词，很少看到忸怩抒情形态的自拉自唱，甚至日常生活的影子也是有些朦胧有些模糊的。

但收入这个诗集中的许多诗歌，都非常逼真、切实地反映了当下方方面面的社会现实和他个人的思考，涉笔成诗，诗在言外。集子里游历行旅成分的诗作占了较大比例，这自然与他古稀之龄，有了闲庭漫步的放松时间，饱览大好美景，祖国锦绣江山无一不是成为诗者歌吟倾吐的对象，甚至到了陶然痴迷的地步。

你看《登岳阳楼抒怀（一）》：

风尘仆仆奔洞庭，情义拳拳拜希文。
极目江湖波浪息，充耳楼阁弦歌声。
先忧后乐民为本，从古至今教训深。
凭栏把酒告前贤，盛世已然天心顺。

《抒怀》中有我们熟悉的范仲淹么？有或没有，都无关宏旨，不失大意。人人心中都有一个范仲淹，人人心中又没有一个范仲淹，但他的名句“先天下之忧而忧，后天下之乐而乐”，谁人不知，谁人不晓！

永红先生风尘仆仆游览岳阳楼，拜读经典，一腔忧患，江湖波浪息，充耳弦歌声，这是一层意思；走向岳阳楼，感受千古文人笔墨文字的浸润，倚楼极目望，辗转念苍生，叹息复叹息，古今教训深，这是作者深一层意思的表述；“先忧后乐民为本”，“盛世已然天心顺”，这是作者更深一层意思的婉转归结。

永红先生有写于2013年6月1—8日的“凤凰三题”，即《梦凤凰》《游凤凰》《别凤凰》：

梦凤凰

梦游凤凰景，拜谒沈从文。
漫步询乡俗，穿越觅边城。
乐极惊梦醒，真情发心声：
凤凰不亲游，枉自做文人！

游凤凰

心仪凤凰久，如愿今日游。
淳风扑面来，古韵满眼收。
犹进桃花源，觅趣解千愁。
身入仙境中，竟行忘回头。

别凤凰

凤凰美绝伦，沱江净灵魂。
喜入花城中，乐不思归程。
盛筵终须散，酒醉总会醒。
但冀不日后，再拜沈从文。

作者久思成梦，“梦游凤凰景，拜谒沈从文。”作者睡梦里惊醒过来，其真情流露的竟然是“凤凰不亲游，枉自做文人”！“游凤凰”是作者的倾诉，犹如诱惑读者的美丽导游词：“犹进桃花源，觅趣解千愁。身入仙境中，竟行忘回头。”作者恍然入仙境，乐不思蜀也！一词一句，写出作者初游凤凰的梦幻般的心境，真实亲切，又不乏老顽童诙谐诗意——“但冀不日后，再拜沈从文。”美梦已然成真，别后还想再来，多么值得玩味的告别辞。

细心的读者，不会忽略作者的一句注解：边城，中国当代著名作家沈从文创作的长篇小说名。边城，即小说原型中的凤凰城，也是沈从文的家乡。由此透露出作者内心深处对作家沈从文的景仰之情，没有沈从文桑梓情深，对于凤凰城作者断断不会如此痴迷。诗人趣在山水，而会意落笔却在凤凰人——著名乡土作家沈从文先生的光影里，如佛光烛照作者深深藏着的那颗脉动不息的赤诚文心。

永红先生本是山里人，原以为对山脉相连相似的湘西张家界，不会生发多大的兴趣。其实不然，作者有《登张家界天门山记》和《天门山印象》两首诗作供人赏读。

遥望天门山，高耸入云端。
老朽逾古稀，斗胆来登攀。
奋力达洞口，举目放眼看。
一览众山水，顿觉胸怀宽。

再读《天门山印象》：

白云深处闻诵经，原始林中听古筝。
跨越天堑走栈道，刘海砍樵入实景。
飞禽走兽相嬉戏，翠峰绿水育山魂。
游客流连忘归期，山民全成老寿星。

张家界与天门山，除了奇险峻美、无限风光，更加吸引作者的还是“白云深处有人家，返璞归真最自然”，正如作者所言“游客流连忘归期，山民全成老寿星”。对于自然界的过度索取，必然招致大自然的无情报复。作者深谙此理，写山写水，皆在呼唤爱惜自然、保护自然、回归自然，才能享受大自然的慷慨馈赠。

写于2013年2月21日的《定力》和《人生叹》又是另一番境界。

定　力

徜徉书海间，忘却室外天。
耳际独子曰，脑中唯圣言。
谢辞贵人约，不谋达官面。
全心悟禅机，倾情结书缘。

人生叹

入世七十年，弹指一挥间。
平生欲求知，到底未解玄。
留愧道终浅，遗恨梦不圆。
老来空叹息，羞颜对心田！

这两首五言诗，无疑于永红先生总结人生、感悟人生的两幅“自画像”——一幅写出徜徉书海间，淡定持守如一的感怀；一幅则是人生七十初度，在堪称硕果累累的成绩面前，仍是“老来空叹息”，“遗恨梦不圆” ——这是他作为诗人心声的一种倾吐吧。如此描写自己的人生状态，这是作者对于自己过于严苛的剖白和自励。但苦心孤诣的作者，是否也可以自我放松一些，徜徉书海间，犹如进桃源呢。

在这本诗集中，作者写父爱和爱父、写兄弟姊妹情谊、写五峰山水、写师长文友、写文史春秋说古人古事……莫不是真情深挚、笔意沉雄、议论风生、感怀激烈、抒发心声。

诗集里，永红先生的诗，与社会紧密相关，又与现实保持着距离，与现实社会没有疏离，又可以从中读出他晚年对人生的记录和思考。

他力图通过自己诗意的叙述，去表达那些语言不可言传的幽深的精神世界和他自己一些难以言说的心绪。从这个意义上说，永红先生的诗歌对自己内心的表达是真实的，对作者当下精神情态的倾诉几乎是袒露无遗的。在这方面，可以说永红先生近段的思考是深沉而通透的，对自己的精神状况具有深刻的反思和深厚的沉淀。

我们可以从他的作品中看到他的精神影像，包括他的苦恼与忧伤，彷徨与恐慌，悲悯与无奈，达观与犀利，解剖与自律……与心戚戚，与人感愤，与人激励，与人谦让，与人和美。

这样的诗歌姿态是传统的，又是现代的，旧瓶装新酒，新酒更醇厚。也许，永红先生的这种姿态使他会失去一些，也会得到一些，得与失比较，得到的东西会更多，让读者领会的东西也是一样。

每当朋友聚会，我常常在觥筹交错中细细地打量不温不火、处之泰然的永红先生，心想人的外表与人的内心，或许是有距离的。现实中的永红先生与诗歌中的永红先生，是一个人，又不是一个人。但是，我想当他进入诗歌构思状态的时候，大概是自由而果决的吧？不然他的诗不会写出如许的人生况味、世态冷暖和岁月沧桑，也不会具有一种纵贯时空、穿越历史和正向能量在诗歌里释放。

这就恰如作者在开篇自白所言：

我不懂诗，更不会写诗。什么格律，什么平仄，什么声韵，我都弄不准。我这些所谓的诗，是我之所见、所闻、所思、所想的一些记录，都是信手拈来，即兴写的一些句子；或歌乐句，或顺口溜，或打油诗，用以表达我的情绪、心境和诉求……

诚哉斯言，亦是自谦之语——给了作者与读者更多的讨论空间。

让我们在诗里诗外，继续讨论与诗有关或无关的话题吧。

二〇一三年十月一日，于山城寓所

作者系湖北省作家协会会员，宜昌市作家协会、散文家协会、小说家协会理事

抱朴的永红

刘学雄

永红有学舍，倚天堰之山，踞渔洋之滨，群峰环抱，森木尽朴，是谓之“抱朴斋”。

据《子虚村纪事》推断，这抱朴之斋，真个是左青龙、右白虎、前朱雀、后玄武的风水宝地，绝景如画：

屋前绿水流，房后青山秀。
林茂鸟争鸣，风清人添寿。
花艳靓小院，书香溢满楼。
众云风景好，我说养老优。

——《我家》

透过这抱朴之斋，看永红的整个身子骨，真个是不修边幅、未动刀斧者也，质地淳朴。但就是这一段质朴的原生态老身材，由于一生《享受父爱》，受了那前桂后樟的点缀，倒表彰出了几分的贵态之气，又觉得有些不同凡响了。如果你不信，有《门前桂花树》的诗文为证：

树高枝纵横，根深叶茂盛。
花开芳香远，鸟栖歌声近。
客来都称奇，众口捧成神。
敢问拜谒者，可知栽培人？

仅有前桂（贵），尚嫌不足，此为其一；其二，还须佐于后樟（彰），这有《屋后香樟树》为证：

房前桂花有客誉，屋后樟树无人评。
飞来种籽落地生，挺拔伟岸自成形。
夏遮烈炎冬挡风，坚韧不拔受尊敬。
秀木良材无瘢疖，可当世人一面镜。

居此斋舍，永红心中那一个乐字，可大的去了。出门就念《我家》，见人就说《门前桂花树》《屋后香樟树》，还把它写成诗，取名《抱朴斋诗笺》出版；主编那本获得国家“山花”奖之《中国民间故事·宜昌五峰卷》的时候，外巡还只是分分钟的事，就屁颠屁颠地跑回家，看把永红给美的！

有此墨香书斋、秀美居舍，总得取个不拘一格的名吧。永红是文人，命个斋名，还不是抠个脑壳皮就来的事？但待到脑壳顶上的毛发也快刨光了，这才当机立断，谓之曰“致远”。

不几年之后，永红“致远”得人都老了，一个不小心的华丽转身，端上一碗七十一岁的饭，就开始巴哒巴哒地吃上了，还怡然自得，天真活泼地自以为还只有十七岁呢：

步入七十一，权当一十七。
待到还童时，人生更有趣。

——《生日记趣》

乐呵过了，从斋中醒来一想，总觉得自个身上哪根筋，有些不对呢：到了耄耋之年，还“致”什么“远”！想着想着，就开始感叹了：

入世七十年，弹指一挥间。
平生欲求知，到底未解玄。
留愧道终浅，遗恨梦不圆。
老来空叹息，羞颜对心田。

——《人生叹》

于是这永红又不得不把头顶上的毛发刨掉了些许，最终一咬牙、一狠心，遂改名曰“抱朴”：

当年致远居，曾经创微绩。
今日抱朴斋，自觉少声息。
木秀畏风恶，人正惧谤语。
余生安宁度，自在书中觅。

——《改换门匾感言》

“抱”者，胸怀也；“朴”者，未经加工之木材也，《论衡·量知》有云：“无刀斧之断者谓之朴。”永红的个中弯弯，是取《老子》“见素抱朴，少私寡欲”之意。永红说：做人，总不失其本真才好，因之写诗一篇以《自约》：

静居抱朴斋，力仿陶渊明。
修身伴山水，养性悟鸟音。

从此，永红“徜徉书海间，忘却室外天。耳际独子曰，脑中唯圣言。谢辞贵人约，不谋达官面。全心悟禅机，倾情结书缘（《定力》）”。

永红居斋中，斋中有一钟，朝夕行秒步，步步走无穷。这斋中的永红，就恰如这一个《钟》：

坚守岗位显风采，按部就班无懈怠。
分分秒秒求精准，时时刻刻可信赖。
规行矩步度光阴，从始至终不徘徊。
它是世人一面镜，与时俱进促吾侪。

你只想呢，这钟一样的永红，虽说坐斋中、行秒步、走无穷，但天天每每的生活，还是过得十分《淡定》的：

功名利禄是浮云，亲情友谊胜黄金。
你我争斗无赢家，握手言欢益子孙。

花红酒绿不动心，修身养性净灵魂。
日间不做亏心事，夜半何惧鬼敲门？

一天到黑，永红到底在“抱朴”些什么呢？“有人觉得我年过古稀，还那么匆匆，忙忙碌碌，很以为不然。有的出言不逊，有的满脸狐疑”，于是永红不得不站出来《释疑》了：

忙来忙去缘性急，动手动脑因业需。
强身健体求康乐，写作诗文图自娱。
论事不应同尺量，评人何须一般齐。
殊途同归度晚年，问心无愧当释疑。

现在日今眼目下的永红，虽说这斋不“致远”了，但那一颗活蹦乱跳的心，还是相当致远的：

枝繁叶茂遍山乡，迎风斗雨抗骄阳。
含辛茹苦酿甘甜，漫绿涌翠溢奇香。
舍身忘己为世人，赴汤蹈火铸辉煌。
千家万户凝真情，五洲四海留芬芳。

——《茶颂》

就是这个不服老的永红，天天做功课，时时走秒步，到底做得怎样呢？有一次，他参加自我设计的人生考试，写了一篇阶段性的总结报告，是这样说的：

退休屈指近十年，谋事未敢怠一天。
主编出版书四部，写作发表文百篇。
走笔不停苦耕耘，老骥伏枥再扬鞭。
宁让须发染霜雪，莫使心中留愧歉！

——《老骥伏枥再扬鞭》

一门心思在抱朴斋中“抱朴”的永红，虽说是大大的清心寡欲，但时不时也有想入非非的时候。比如读史读得多了，就开始作起报应之恨来：

都讲好人有好报，我说此论实牵强。
多传忠臣岁月短，少见奸佞命不长。
岳飞不惑陷冤狱，秦桧耄耋居庙堂。
两只老眼阅春秋，一杯苦茶品兴亡。

——《说古不道今》

再比如天天看新闻，贪官见得多了，一颗良心就开始兔子式地奔跑起来，免不了说出一些愤世嫉俗的话来：

狼狈为奸耍阴谋，沆瀣一气装正经。
移花接木危大厦，偷梁换柱失民心。
专断独行一言堂，狐假虎威贰臣心。
为非作歹遭报应，天怨人怒响雷霆！

——《苍天在上》

有时真的想不通了，无可回避了，就假装糊涂："我怨自己长头脑，我怨自己晓今古，我怨自己知荣辱，我怨自己不服输"，进而开始"我恨自己装糊涂"起来。那一个糊的也真是涂到家了：

形势需要我糊涂，有人需要我糊涂，
自己需要我糊涂，我不糊涂谁糊涂！

——《我非我（糊涂歌）》

虽说永红身段朴直，但每到糊涂的时候，还是有不少排解妙方的。君不见这大一把年纪的人了，还相当善于借酒浇愁，意念一动，立马就开始做起以糊涂反制糊涂的功课来：

凄凄戚戚喝闷酒，咽咽泣泣别至友。
趔趔趄趄叫再见，晕晕乎乎频招手。
朦朦胧胧不识路，踉踉跄跄往家走。

淅淅沥沥泪湿衣，悲悲切切猛击头。

——《醉别友》

其实，永红并不糊涂——醒不糊涂，醉也不糊涂。之所以时不时地犯糊涂，无非是倚老卖老，耍耍抱朴的火辣耿直脾气玩玩而已。听听那几句珠落玉盘的铮铮之声，那才显永红狰狞面目抱朴的原始本色：

我本一小民，意欲学陶翁。

面对家国事，敢不为大公！

——《自训》

这就是抱朴斋斋主——抱朴的永红。

二〇一三年十月十日

作者系湖北省作家协会会员

笑拥晚霞映诗篇

——品评《抱朴斋诗笺》

雪　原

无论为人与为文，尹弘君都是我们值得尊敬的楷模。论年龄，说他是一位朴实敦厚的长者，名至实归；论文章，说他是我们一帮本土文人中最具坚持力的马拉松健将，切中肯綮。从处女作《天亮不忘五更寒》到今天的《抱朴斋诗笺》，他为文为诗已经接近一个甲子。正如古人所言："羲之书法晚乃善，庾信文章老更成"，文章与诗歌固然需要青春灵敏的触须，需要初生牛犊的爆发力，但是，它更需要岁月流逝日积月累的体悟与功力，需要生命情感的发酵与沉淀，需要个体经验的厚密堆叠与反复砌筑。尹弘君要出一本自由的旧体诗专辑，近两年才正式摆上他的"议事日程"，但这个念头并非临时兴起，它源于尹弘君青春年少时的文学梦，源于尹弘君骨子深处的诗人情结，源于他在连续出版几本小说集后略显疲惫渴望小憩与休整的心态。这就是笔耕不辍的尹弘，即使是小憩与休整，他又集腋成裘地整出一本诗集来。

这让我想到子贡与孔子之间那段有名的对话来。子贡对学习感到厌倦了，曾经告诉孔子说："我希望休息一下。"孔子说："人生没有什么休息的。"子贡说："那么我就没有休息的地方了吗？"孔子说："有的呀，你看那个墓穴：那高高耸立的像高地似的，像小山尖似的，像土堆似的，像扣着的锅似的，就该知道自己休息的地方是在哪儿了。”看来，一生痴迷于文学的尹弘君，在和他最后皈依的泥土亲密接触之前是没有止息的一天了，他在用密集的行动为自己圆梦，这是一个站着就必须走路，坐着就极力思考的人，不知疲倦，生无所息，大器晚成。

我想试着将尹弘君的这一百多首诗歌稍稍梳理一下，让他们站个队，以便于分类品咂与言说。

一、抒发个性情怀、表达淡泊心境的。如《人生叹》《老骥伏枥再扬鞭》《生日记趣》《改换门匾感言》《一同看落日》《淡定》《记趣中秋夜》《释疑》《感恩马岩墩》《我非我》等。正如诗人在《自约》中所言：静居抱朴斋，力仿陶渊明，修身伴山水，养性悟鸟音。诗人“见素抱朴，少私寡欲”，伏身案头，既保留了一份儒家积极入世的清醒，又持有一份道家无为疏离的明哲，这部分诗作触景生情，想到哪儿写到哪儿，兴之所至，随意驰骋，无拘无束，不受羁绊，游思所及，灵光乍现，即浅唱低吟，落笔为诗，是整个集子中像小夜曲一般打动我们的华彩乐章，最能凸显诗人素雅清静的个性，也最能够为读者洞开一扇窥见诗人返璞归真心灵的窗户。诗人早已为自己树立了一个人格和精神的标高，那就是“归去来兮”的陶渊明。在尹弘生活的周边，睁着迷惑不解的眼睛、将其视为另类者不乏其人，他虽觉憋屈，却也懒得去跟人家理论，但心中是自有分辩的：“殊途同归度晚年，问心无愧当释疑。”读书作文既然是诗人的宿命，他就本着“人不知而不愠”的态度，自觉问心无愧就权当释疑了。读书满架，书香常伴，诗人持有一份抵御世俗喧嚣的《定力》：耳际独子曰，脑中唯圣言。谢辞贵人约，不谋达官面。客观地讲，诗人由于其特殊的家庭身世，不需要攀龙附凤，自有不少“贵人”与“达官”找上门来，变着法子与之交游。但是，他不屑、不愿、不为，自觉地回避这些带有某些官场目的的套近乎，维护着自己修身养性的慎独与纯洁。

“宁让须发染霜雪，莫使心中留愧歉！”（《老骥伏枥再扬鞭》）尹弘君一辈子为之奋斗的终极目标就是读书和写作，他心中揣着一个挥之不去的文学情结，揣着一个想做“全能文人”的理想：短篇、中篇、长篇小说多部，他都已经“胜券在握”，他还想出一本不受格律约束的自由体诗集。为了完成这个夙愿，他一直奋斗着，直到霜染两鬓，犹在孜孜不倦地跋涉和攀登。诗人愿意回归最为本真最为性情的生活，甚至直接抵达出生地的乡村老家园，我们不仅从《感恩马岩墩》中读到了“大恩难言报，叶落定归根”的夙愿，也从《一同看落日》中看到了诗人在病愈之后，携着老伴儿的手，走向野外颤颤巍巍却神清气爽的“幸福感”：“清风扫阴霾，细雨洗尘埃。高天悬夕阳，大地溢光彩。牵起老伴手，丢弃助行拐。一同看落日，晚霞暖胸怀。”唯有这样的生活，这样的场景，让诗人感受到与故园、与亲人相守相依的快慰与释怀。这是一种心灵的抱朴与守一，是一种避免纷扰的节制与操守，是禁绝内心躁动的沉静与恬然，让我们看到一位清心寡欲、朴实与忠厚源自天性、跳动着一颗平常心的尹弘！

二、摹写时政时事，表达爱国情怀的。“大隐隐于朝，中隐隐于市，小隐隐于野”，尹弘君静卧抱朴斋，醉心桃花源，却并不与世隔绝，他两眼静观着天下世事的纷扰，写出许多“感时花溅泪”之作，如《天宫从此不寂寞》《保钓！保钓！》《不忘“九·一八”》《爱心无国界》《文学奖》《某类官素描》《指鹿为马新篇》《小河殇歌》《劝君少吹肥皂泡》《苍天在上》《老虎苍蝇一起打》《建军节述怀》等。从“神十”上天、莫言获奖到钓鱼岛摩擦，从反腐倡廉到强军圆梦，尹弘君都倾注了巨大的关注热情，表达了心恤天下的忧患品格。诗人赤心赤胆，如鲠在喉，不吐不快：“痴人说梦误民生，劝君少吹肥皂泡。”“移花接木危大厦，偷梁换柱失民心。”对当下中国官场的某些腐败现象深恶痛绝，极尽针砭，到了直抒胸臆、毫不掩饰的地步，让我们看到了一位刚正不阿，忠直耿耿，就像屈原一般峨冠博带的尹弘！

三、摹写怀亲念友，表达温情牵挂的。如《清明思父亲》《月半哭父亲》《父亲节思父亲》《重读弟书》《母亲节述怀》《忆五峰二中三位校长》《梦里小桥遇故友》《甜妹》《醉别友》《师长•文友》等。这部分诗作中，有怀念父母亲的，有思念胞弟的，也有惦记师长和一般朋友的，“日夜思念肝肠断，阴阳相隔骨肉分。千言万语化作泪，别愁离恨成永恒。”诗人对父亲历久弥新的怀念最具感人心魄的力量，不妨将他们看成是其长篇小说《享受父爱》情感链条的延续，让我们看到一位烟火味浓、儿女情长的尹弘。

四、摹写物华风光，表达山川恋情的。如《白溢寨》《茶山春早》《门前桂花树》《茶颂》《黄龙洞》《渔洋关》《韶山看日出》《登岳阳楼抒怀》《千丈岩》《忆记独岭游》《仰瞻邓公像》《观海》《车行过中山》《遥望莲花山》《叹岳麓书院无缘览》《游凤凰》《天门山印象》《柴埠溪撷趣》《黄连山·歪尖子》《茶马古道》《黄山游记》《夜宿景德镇》《内蒙古之行掠影》等。尹弘君赋闲后，外出游历次数逐渐增多，故土家园风物，祖国名山大川，都在诗人目力中构成一帘风景，他摄景为诗，又绝不如相机般实录，而是凝聚了智性思考，表达出许多机趣，如写到白溢寨，他信手拈来“云缠雾绕处女地，深闺靓妹望郎来”的句子，表达了千年古寨渴望对外开发的愿景；去内蒙古草原，拜谒昭君墓，他用“汉匈竟宁倚女流，枉拜将相白封侯。君王生前添笑谈，昭君身后名永留”的诗句，将昭君出塞的善良和王侯将相的纷争做了比照，将昭君大义之举为汉匈之间带来六十年友好睦邻关系的功德盛赞了一笔，让我们看到一位才思敏捷、情趣高雅、练达睿智的尹弘！

五、摹写读史心得，表达怀古幽情的。如《再读明史挽朱裔》。“两只老眼阅春秋，一杯苦茶品兴亡。”诗人读书，注意力集中最多的恐怕还是卷帙浩繁的历史书籍。他从历史深处勾沉过往，品读沧桑、砸吧出叫人拍案称奇的东西来。正像诗人所言：“我亦信口诌一言：莫将历史当面团。”他指出历史的铁律不容随意更改，在于正告某些为官为政者务求管束好自己和家人，莫给历史留下千秋笑柄和传世骂名。这部分诗作中，诗人以史为镜，评点史实，臧否人物，嬉笑怒骂，爱憎分明，幽情与灵性的火花随处飞溅，留下诸如“依靠君王治国疾，开错处方抓错药！”“藏弓烹犬戮功臣，遗祸子孙国运凶”等让人读罢点头称是、会心一笑的锦言佳句。让我们看到一位率情率性评说千秋功过的编外太史公尹弘！

在诗人的一首《生日自责》里，诗人偶得一妙句：“桑榆无限醒未迟，笑拥晚霞映诗篇。”人生晚霞，闲庭信步，得诗如此，快慰平生。至于格律不格律，平仄不平仄，对于性情中的诗人是不能够责备的。何况，假若真的向古体诗拜师学艺，苦苦搓就一条格律的绳索捆绑住诗人情思的野马，属于诗人的个性才智反而被磕磕绊绊得没了踪影，岂不是因“格”害“文”？唯真可以动人，唯情可以动人，唯有真性情最能够直抵诗性特质。倘若非要头顶着一具枷棺跳舞不可，倒很难把舞跳得那么动人的，看看历朝历代中，真正精通四绝八律的大家又有几人？李白诗歌中最具艺术灵光的莫过于他突破了传统框架的“自由体”，这是确然不争的事实。打个不太恰当的比方吧，一个远行在外的赤子，他不时地给家里人打回长途电话，嘘寒问暖，殷勤备至，我们得到了这样的温暖与慰藉，感谢他远行千里的牵挂尚且来不及，难道还忍心去责备这位赤子：你怎么就不晓得用古老的书信体跟家里人交流和沟通呢？在静静的灯光下，我们作为他的

“家里人”，愿意聆听尹弘君用自由的散发着浓浓个性芬芳的语言，从远方打给我们的电话，娓娓地诉说他的情结和心语，他没有时间和精力给我们每个人鸿雁传书，那又有什么求全责备的呢？！

二〇一三年十月十七日

作者系湖北省和宜昌市作家协会会员、五峰文联创作室副主任

情满山水诗满衿

——读《抱朴斋诗笺》山水游历篇有感

佘桃珍

古人说：观山水，而情满山水间；观沧海，而沧海入胸怀。这是古时文人墨客，浪迹天涯，行走山川，写史言志，寄情河山，所引发的感叹。

当我读到尹弘先生在《柴埠溪》杂志上连载的旧体诗选《抱朴斋诗笺》时，不由想起古人之叹，同时眼前一亮——虽是旧体诗，却如此充满新意，再度引起了自己一读旧体诗词的兴味，也觉得作者的“老坛新酒”拉近了读者对作者诗之内涵、怡性情致的理解与感悟。

最近应文友之约，再次通读《抱朴斋诗笺》样稿，备感杨柳新枝拂春风，老成文墨更纵横。

从诗集的题目和内容来看，涉猎广泛，题材丰富。比如，有自律成分的《我非我》《我家》《释疑》《自约》等自叙篇；有倾诉骨肉情深、感怀家事的《清明思父亲》《重读弟书》《母亲节述怀》等亲情篇；有表达对老师友人无限情愫的《国宝刘德培》《谢友人题词》《忆五峰二中三位校长》等师友篇；有镜鉴古人古事、走进历史天空的《端午祭屈原》《读〈桃花源记〉》《凭吊昭君墓》和《拜谒成吉思汗陵》等史记篇；有观照时事、称颂新局的《遥望莲花山》《天宫从此不寂寞》

《不忘“九·一八”》等时政篇；有描写五峰秀美山川、留恋孩提乡场的《白溢寨》《渔洋关》《忆记独岭游》《感恩马岩墩》等家园篇。

更有作者行吟五峰山水、游历大江南北、观览神州河山所写下的如《黄山》《韶山》《夜宿景德镇》《车过中山》《内蒙古之行掠影》和《柴埠溪撷奇》等山水游历诗篇。诗集中这些篇什的旧体诗歌，在作者车行步走的间隙，在观光游览的余暇，更是激发起作者不倦的创作潜质，随行随记或事后追写，约 50 首，几乎占到诗集的 1/4。山水游历诗属于写景诗的范畴，这类诗歌的主要特点即“一切景语皆情语”，亦即作者笔下的山水自然景物都融入了作者的主观意象，或是借景抒情，或是情景交融，或以景叙事喻理。

这里就尹弘先生的这部分山水游历诗篇，冒昧说说个人的几点读后感。

一是感受江山如此多娇。这一类诗歌主要以祖国山水为描写对象，抒发作者的家国情怀。从北方的内蒙古大草原到南方的改革前沿都市深圳；从巴蜀大地到西南重镇重庆到湖湘腹地的韶山、常德、张家界和凤凰古城；从渔洋河畔鄂西乡村到黄山山麓的徽派民居，作者浏览祖国大好河山和山川风光，行色匆匆，履痕处处。作者行吟途中，热情歌赞祖国山川壮丽，一抒情怀心志，临水登楼喻怀寄远，登山写景闲逸言志。处处有感触，时时有诗情。作者仅在湖南境内的韶山、常德、张家界和凤凰城就写出了 12 首诗歌，可见诗人对于游历目的地的格外青睐。这十多首诗歌不说每首是精品，但都是作者眼中的景，心底的情，久思而成的心中挚言心语。

在这一类歌吟对象中，作者描写湖南张家界和安徽黄山的四首诗歌，可以看做是作者的心血熬炼之作，无论诗意的充沛，还是意境的阔远，都不失为其诗集的代表作之一。以

《登张家界天门山记》为例，其诗首有序句提示：传奇天门洞，惊现于1300米峭壁之上，险、峻、奇冠绝天下，22里公路99道弯扶遥直上云端，999级台阶直达天门洞口，天界触手可及，只在一步之间——

遥望天门山，高耸入云端。
老朽逾古稀，斗胆来登攀。
奋力达洞口，举目放眼看。
一览众山小，怡情天地间。

一位古稀诗人，不惧“高耸入云端”的天门山，斗胆登攀上山顶“一览众山小，怡情天地间”！古人登泰山而小天下，诗人登天门山而怡情天地间，无不令人敬慕、叹服其一腔壮志豪情云逸翠峰绿水。

而第二首《天门山印象》则另有一番气象：

白云深处闻诵经，原始林中听古筝。
跨越天堑走栈道，刘海砍樵入实景。
飞禽走兽相嬉戏，翠峰绿水育山魂。
游客流连忘归期，山民全成老寿星。

由现场观看张家界景区，根据刘海砍樵所新编的大型高山峡谷实景音乐剧《天门狐仙》，作者因而浮想联翩，思绪纷飞，吟出“游客流连忘归期，山民全成老寿星”的奇思妙想——想象很丰满，但现实却很骨感。须知这是写诗，没有作者如此新奇的想象，哪里有如此丰沛的诗情画意？！

2013年9月下旬，作者游历中国四大名山之一的黄山，作《黄山吟》：

天开神秀冠古今，地孕仙景美绝伦。
松涛如歌迎宾客，绿水似弦觅知音。
唐风清韵凝高雅，古言今声聚淳真。

黄山归来不看山，凭添相思吟诗文。

一首《黄山吟》写出作者对黄山跨越时空的山水襟怀，对黄山松涛澎湃、黄山林泉淙淙的迷恋，对黄山古韵悠远、高峻淳真的追怀思远，于是发出“黄山归来不看山，凭添相思吟诗文”的感佩，也是诗人对祖国壮美山河的由衷赞美。

作者的赞美还远远不止于此。在作者游览黄山一带的前后，恰遇原国家主席胡锦涛 2013 年 9 月 12 日至 18 日考察黄山、宏村、绩溪、龙川等地，借此余温，作者乘赋诗余兴，又作《黄山游记》：

驰骋绩溪奔龙川，徜徉宏村游黄山，
追寻伟人脚步走，一介布衣心坦然。

作者无所拘绊，以行走黄山的悠然心态，在诗中一个“驰骋”、一个“奔”、一个“徜徉”、一个“游”，笔调轻松自如，有点闲云野鹤般的穿行在黄山、宏村、绩溪、龙川等地，一介布衣别无所求地“追寻”上伟人的步伐。于庄重里，不乏坦然的情趣充盈于诗的字里行间。

二是感悟名胜古迹意韵。在描写古迹名胜的诗歌中，以作者到常德后登临天下名楼——岳阳楼为题的两首诗为例：

登岳阳楼抒怀——

其一：

风尘仆仆奔洞庭，情义拳拳拜希文。
极目江湖波浪息，充耳楼阁弦歌声。
先忧后乐民为本，从古至今教训深。
凭栏把酒告前贤，盛世已然天心顺。

其二：

神笔飞舞气如虹，成就岳阳楼中雄。
都云范公文章好，谁言张君建造功？

细读两诗，前一首，写事——风尘仆仆奔洞庭，情义拳拳拜希文；写景——极目江湖波浪息，充耳楼阁弦歌声；写理——先忧后乐民为本，从古至今教训深。

后一首，作者虽然写得有事理有情境，但却有意外之笔，说出常人之所未言“都云范公文章好，谁言张君建造功”？如果以诗而论，此“意外之语”才是全诗的点睛一笔。

这类“点睛”笔墨在《梦上岳阳楼》中亦有信笔点染，如“人神本异道，何必居同屋”！于简洁平易处，说出作者不俗的意味。

心在山水间，诗则添意韵。作者在以自然景物、山水名胜的这一类型描写对象里，其中还有不少这样自然清新的佳句，作者悠游名胜，寄情祖国山水，写出了《拜谒成吉思汗陵》这样的诗作佳篇。

这首录自旧作的诗歌，可以从中看出作者对于名胜古迹入诗的娴熟驾驭技巧，少有生涩之处，自然流畅：

弯弓射雕闯关隘，开疆拓土扫尘埃。
纵横捭阖平天下，运筹帷幄改朝代。
文治武功垂青史，雄才大略扬中外。
一代天骄矗丰碑，万人景仰谁不拜？

我们可以体会一下，这首诗，有举重若轻的叙史抒情效果，像“弯弓射雕闯关隘，开疆拓土扫尘埃”，如此诗句可谓锤炼之工。又如叙说成吉思汗的文治武功、雄才大略，尽管一笔带过，但作者凝练的语言概括力，亦由此可见一斑。从这样的作品中，可以看到作者对于以诗涉史叙事的审美追求，以及语言表现张力的进一步发挥。

在“内蒙古之行掠影”组诗的《凭吊昭君墓》，作者尤其讲究叙史写人的虚实结合，作者的情绪隐含在字字句句里，含而不露，我们不妨一起品读：

边关经年燃战火，北疆从来多灾祸。
请旨和亲走塞外，踏灭烽烟息干戈。
兄弟姊妹结同心，琵琶胡茄声相和。
青冢草茂绿千秋，明妃功伟誉万国。

一个流传千古的昭君和亲故事的背后，并非“称颂一律”，历来莫衷一是，争说纷纭。但是，作者不以物议是非为标杆，而是以对巾帼大志大勇不让须眉的欣佩，坚持自己的观点和看法。因此，作者在第二首《凭吊昭君墓》这样写道：

汉匈竟宁倚女流，枉拜将相白封侯。
君王生前添笑谈，昭君身后名永留。

《观海》一诗深得“竹枝词”的神韵，作者写得有景有物，通篇以海入题，以碧波应衬风平浪静，但在静中又不乏动感的画面展现：“小船慢弋逗鱼跃，掬水拂面洗旅尘。”一个“逗” 字，一个“洗” 字，活脱脱，水灵灵，语调活泼而诙谐，万倾碧波览无垠的浩瀚无边与小船慢弋逗鱼跃形成如此强烈的对比审美效果！尤其是《观海》这首诗音律和谐，读来朗朗上口：

一轮夕阳天边行，万顷碧波览无垠。
小船慢弋逗鱼跃，掬水拂面洗旅尘。
曾闻无风三尺浪，却见海阔一展平。
慈母尽知赤子意，风平浪静好观景。

三是感怀伟人足迹温度。漫游行旅、赏玩山水固然逍遥闲适，但不为作者所取。在作者的身上，依然流淌着我们共和国同龄人，源自于20世纪50年代激情岁月的理想和情感。这种情感的自然流露，就是诗集里那些写得荡气回肠、情怀昂扬的诗篇，诸如《开天辟地两巨人》《伟业勿忘谁奠基》《韶山看日出》《瞻仰邓公像》和《车行过中山》等题，大多表达了作者对于孙中山、毛泽东、刘少奇和邓小平等华夏世纪伟人的崇敬和缅怀。

在湖南韶山所写《开天辟地两巨人》中，副题为拜谒韶山、花明楼感言：

开天辟地两巨人，携手并肩乾坤转。
星火燎原红旗举，摧枯拉朽江山换。
斗转星移沧桑变，国家交还人民管。
复兴中华万世功，日月同辉千秋传。

同为湘人的毛泽东和刘少奇携手并肩，走出三湘四水，与中共第一代领袖共同缔造了中华人民共和国，两位同乡成为新中国的一、二号党和国家领导人。可惜，十年内乱，不堪回首，作为国家主席的刘少奇被屈死于冤狱，留给历史的天空一抹沉重暗影，但历史终归还原，冤魂得以昭雪，人民不忘共和国的功勋！作者在极其俭省的文字里，写出了两位巨人的万世之功及其共产党人峥嵘岁月里的情谊。

2012 年 12 月，作者在深圳莲花山上写下了《仰瞻邓公像》：

攀上莲花山，顿觉胸怀宽。
仰瞻邓公像，俯首心肃然。
挥手春风起，信步凯歌还。
改革总设计，功业万世传。

诗中表达了一位老共产党员对中国改革总设计师邓小平的肃然起敬，以及对中国第二代领导人邓小平“功业万世传”的颂扬。

而同年 12 月 14 日，从深圳到广州，车行经过中山市，作者“圣地未参拜，终身留遗憾”。于是追忆写出《车行过中山》：

车行过中山，心中起波澜。
千年一伟人，万代树典范。
华夏兴共和，帝制不复还。
圣地未参拜，终身留遗憾。

四是感慨家乡自然大美。五峰地处鄂西南，境内森林覆盖率高达 81%，拥有国家地质公园、国家森林公园、国家级自然保护区和国家级非物质文化遗产等众多“国字号”品牌，旅游资源实体多达 502 处。是一处自然风光与人文环境完美呈现的绿色家园，更是田园风光与四季景观和谐并存的得天独厚的乡村社会。青山绿水，鸟语花香，充满乡村生活的恬静与和美。因此，以描写田园闲适静美，表现乡村社会和平安定的诗歌，也在作者的诗集里颇为引人注目。

作者的这一类型诗歌，常常是外在的平静与内在的不平静相结合，自然清丽为其主要格调。所谓“自然”，指其描摹山水，得真实之貌，极少雕琢；述说乡事村情，取生活之真，绝少虚饰。作者所要表现的是充满新鲜感的、明快亮丽、色彩丰富的自然景观，以及诗人在这山水面前油然而生的倾慕之感，倾其笔墨表现返璞归真、怡情养性的情趣。

作者在叙写家乡的诗篇里，把细腻的笔触投向《茶山春早》《茶颂》，投向高峻险奇的《白溢寨》《黄龙洞》，投向夏令热烈的山林、冬季悠闲的田野，借以表达对宁静平和生活的向往。其中，写家乡山水和景物的诗歌充满着乡村田园情调，表现作者闲逸萧散的情趣和恬淡自适的心境。如叙《渔洋关》——古镇盛名天下传，县城新建更绚烂；写《千丈岩》——“千丈悬岩缠云雾，万米山径变坦途”，“西缀后河原始林，东连柴埠大峡谷”；《重上马岩墩》和《感恩马岩墩》，两首诗歌同写一地，却有异曲同工的意蕴表达，后一首写出对老地名的深深怀念，以及故园远去那种无可奈何的遗憾心态；如写《家乡雪》“河边不闻流水声，山里难觅行人影”，“寒风吹拂驱浊气，冰凌融化洗垢尘”……家乡雪景的具象实写与作者心境点化的寓意留白，达到实与虚、满与空的和谐统一。

以上诗歌语言清新明快，晓畅凝练，是朴素平淡与恬静典雅的完美结合，意境淡远闲适，写景状物工致传神，而且构思立意颇见艺术底蕴。所以说，作者的这类诗歌，提高了诗歌表现自然景物的艺术技巧，不失为诗集中的一个亮点。

诗集的再一个亮点，即组诗《柴埠溪撷奇》，一题九首，写了《对棋台》《圣水观音》《雀尕石》《对嘴石》《情人桥》《土王点兵》《马兰泉》和《墨池·神笔·笔架山》，借以景观名称为题入诗，每题都有作者的独特视角，出新出奇，出人意料之外，又在读者的合理想象之内。

我们不妨以《神笔峰》为例，试读作者对于同题诗的另一番解读——

文曲星君饮醉酒，遛到凡间信步游。
趁兴造访柴埠溪，泼墨挥毫绘锦绣：
奇峰三千白云绕，幽峡百里碧水流。
绝景冠地惊万世，神笔擎天传千秋！

柴埠溪大峡谷风景区的神笔峰，是一处被无数游客写过的同题诗，尹弘先生以自然晓畅的语言，融入个人的主观感受和情感意蕴，营造出一种清远脱俗的意境和表现力，蕴含着醇厚的诗情韵致，令人回味不尽。

二〇一三年十月八日

作者系宜昌市作家协会会员、五峰县作家协会理事

我读永红的诗

张维仲

夜深了，极端的静。

静静地读完好友王永红的《抱朴斋诗笺》电子版清样，还没有丁点儿睡意。

诗歌便是有这样的好处，尤其是某些意境和感悟正好与自己的心灵产生共鸣的时候，会让人忘却时光的流逝及其身外的世界。

永红的诗便有这样的好处。当然，这只是于我而言，别人怎么看我是不知道的。

诗如其人，有怎样的人品，便有怎样的诗歌。永红大哥为人忠厚随和，完全与世无争的性格。是以，“朴”字便是这本诗笺的魂。我与他结交于20世纪80年代初期，那时，他是五峰县文化馆创作辅导干部，主编一本叫《山茶花》的小刊物，我作为一名文学爱好者，因此往来频繁，甚是投缘。于文学，永红的强项是充满乡土气息的小说，那时他是不怎么写诗歌的。现在看到他的诗稿，我初是有些诧异，随后就是敬佩了。

“静居抱朴斋，力仿陶渊明，修身伴山水，养性悟鸟音。”在他的开篇《自约》里，一个崇尚自然、热爱生活的诗人形象是如此真实形象，这在当下五颜六色的世界，是多么的难能可贵。随行随想，随见随记，在这本诗笺里，一切都是真实的原创，没有丝毫的浮躁和功利，我以为这是最值得称道的地方。

虽然居住在美如世外桃源的乡村，但永红并没有做不问国事家事的世外隐者。亲情友情、风物风光、历史典故、时事政治，凡是所能感知的真善美，永红都有自己真情表白。“风雨四十年，飞鸿一百篇。字字兄弟谊，句句真情现。本是同根生，枝叶紧相连。白纸墨香在，岂容随意编。”在《重读弟书》一诗里，我仿佛体验到一对离多聚少的兄弟，在书信往来中正传递着彼此无限的思念，读信更思弟，家书抵万金。

“心有愿景梦未圆，面向夕阳再努力。老骥痴迷耕耘乐，无须扬鞭自奋蹄。”这是永红在他70岁生日做的一首自勉诗。由此看来，作诗，是永红的又一个春天。质朴自然、不拘格律，不假呻吟，永红将用他的诗，记录一个真实的永红。

二〇一三年十月十五日深夜随读感言

作者系宜昌市作家协会会员、五峰县作家协会理事

乡韵诗之赏析

——读王永红旧体诗之感悟

郭士萍

所有文学体裁中"诗歌"是我钟爱的体裁之一。这也许是源于生命本身的与之俱来，也许是诗的脉搏跳跃于血液之故吧！可在我乡土的地域，当我连续阅读了几期《柴埠溪》杂志后，其中令我感动最深的是一位至尊长者——王永红老师的诗歌作品。他那乡土诗歌的自然淳朴、真善、挚爱令人感动，读他的作品让人深感家乡的山水妙动、人杰地灵尽在他的笔下生辉，其一草一木活灵活现于眼前。意趣深远、令人遐思无限。

天设马岩墩，人造自然村，雄奇黄龙洞，古今扬名声。史籍有记载，民间多传闻，未料世事变，并村去名分。虽然未迁徙，却冠他籍人，往事难忘怀，件件记犹新：接我凡间生，铸我人世魂，赐我生肖字，扶我脚步正，泽我家庭兴，赏我情爱真，导我奋斗路，佑我事业成……大恩难言报，叶落定归根，最美马岩墩，盛名千秋存。《感恩马岩墩》写出自古就流传着的一个家乡故事。在马岩墩（曾经叫"民生大队"）近处有一黄龙洞，洞里有一条黄龙，传说这龙的吼声可传播千里之外，可以让天时与地理互动和谐，当大地子民遭受冰雪干旱时，天空便会阳光呈现或者是降落及时雨，这样人间处处便会万物丰收，喜庆非常。因而民众便过着幸福安康的生活。龙脉相牵相连，天造自然的经络根系，这也正是中华大地所应有的龙之浩然正气，千秋佑民福民之精神，方能扶正脚步的印迹！

细雨落清凉，枫林更红装。山茶白花妍，农舍金桂香。读《入秋记》让我想起了唐朝诗人杜牧的一首诗："远上寒山石径斜，白云深处有人家。停车坐爱枫林晚，霜叶红于二月花。"此诗将一片枫林秋景展现在我们面前。你看，在秋阳晚照下，枫叶流丹，层林尽染，灿若朝霞，艳如云锦，岂不比二月春花还要美丽！透过这片红色，使人看到了秋天具有春天的魅力，能不心旷神怡，流连忘返？而作者这首诗让我们不仅看见了一幅雨后枫林红艳的美图，而且枫林近处还有茶花白花争艳及农舍里飘逸着金桂香的景观。另有农舍人正在品茶享受这天赐的福源呢！多么悠闲怡然自得的画面，身处自然，天然的雕饰，桂香沁入心脾，赏红枫悦目之心旷神怡无不让人沉醉，让人如入其境，美不胜收！至此，这两首诗作，你能说它们不能相媲美吗？你能说它们没有异曲同工之妙？

红日催山绿，少女甜歌飞，巧手采嫩芽，背满春色归，特技制珍茗，奇香沁心扉，来客奉绿汤，未饮人先醉。

是啊，巧手采绿茶。因为茶山少女手中的绿茶，洋溢着热情，流淌着爱抚，简单纯朴，清淡优雅，可以化成温馨的清香古韵，期待如久渴的甘醇，等待着被溶入和理解：一旦舒展在晶莹透彻的钢化玻璃杯中，把自己的情怀，变成乡土的杯杯绿茶情愫——茶叶从采摘到制成沁香的汤绿，凝聚了茶人的无数心血与汗水，醉人的茶香即是印证。也许这种对绿茶的珍爱唯有茶人才会情有独钟吧！

作者这首诗可谓仙画与浪漫色彩的糅合体，蕴含乡土茶韵与君子品茗的佳境。让我们看到了一幅少女在春天唱着甜歌采摘绿茶的美画，同时在春满人间的乡舍，为远方来客沏醉人香茶的动人场景。茶香四溢，未饮人先醉，山乡美如画，跃然于周身的是香茶红枫伴家园，自然景物风光无限之景观。美哉！妙哉!而这又怎一个“美”字了得！

回看作者所写的诗作，首首意韵律动，句句情真意切，无语无声地感动于字里行间，其精神的境界令人望尘莫及。我等唯有学习长者对写作及人生的态度，方能让生命绿意盎然，也才会写出更多更好的作品。

二〇一三年六月二十九日

作者系湖北省和宜昌市作家协会会员、五峰县作家协会理事

编 后

应约为王永红先生编辑完成了《抱朴斋诗笺》——这是五峰有史以来即将公开出版的第一部旧体诗集，可喜可贺。

在诗集排定的当天，收到由诗集作者转过来的，周道云先生2013年10月20日写就的五言律诗《读〈抱朴斋诗笺〉并赠王永红先生》。周先生是中华诗词学会、中国楹联学会会员，也是五峰诗词界的一个知名角色。他对传统诗词研习多年，成果颇丰。其《读〈抱朴斋诗笺〉》诗云：

妙章生抱朴，老骥着鞭声。
昨赞飞天梦，今吟保钓情。
怀忧思屈子，尚德仿渊明。
独奉诗言志，无拘任纵横。

笔者在前面的“阅读札记”里说过，诗歌实际上就是诗人与自我内心深处的交流和对话，这样一个过程，充满了寂静里的神秘和自我心灵的煎熬。甚至有时候，每一首诗歌就像是可爱的天使，光临诗人的灯下，惠顾诗人的案头，放射出灵感的浪漫光影。或是稍不留神，还会走近诗人的梦乡，让诗人心灵碰撞出绚丽的火花或是悸动里的歌哭幽愤，言为心声，咏叹出诗意旋律的歌唱。

诗集中，收录的这六七位文友的评论文稿，正是聆听诗人现场歌唱之后的即兴发言——由于时间关系不及精研细读，但都是发自心底的友情品评；无论短长，皆是文友间的坦诚心语、肺腑言说，为诗集平添一抹温馨的亮色。县内书坛高手，以书会友，妙笔生花，竞展书艺，成就山地文化人一段“诗歌与书法”相得益彰的佳话。

永红先生原本准备在书末写几句跋语的，因时间急促、颇多琐事，难以静心成稿。抱歉之余，特地委托编者，向惠赐诗评佳作的方一方、刘学雄、雪原、佘桃珍、张维仲、郭士萍等各位文友，表示衷心的感谢；向挥毫泼墨、龙飞凤舞的地方书坛名家曾庆福、邹永斌、王强、曹静君、杨子忠、简汉荣、邓南亚、杜江、刘代平、汪少华等奉献书艺精品，表示诚挚的谢意！

永红兄北京的朋友桑明先生，热心扶持少数民族地区的文艺创作，关注山区环境保护工作，鼎力促成诗稿的出版印行，深致谢忱。

笔者有幸编辑这样一部诗稿，虽说尽心尽力，但百密难免一疏，不周之处，请予宽谅。同时对于诗集的早日面世，充满期待。

廖崇纲

二〇一三年十月二十四日·五峰山城

曾庆福

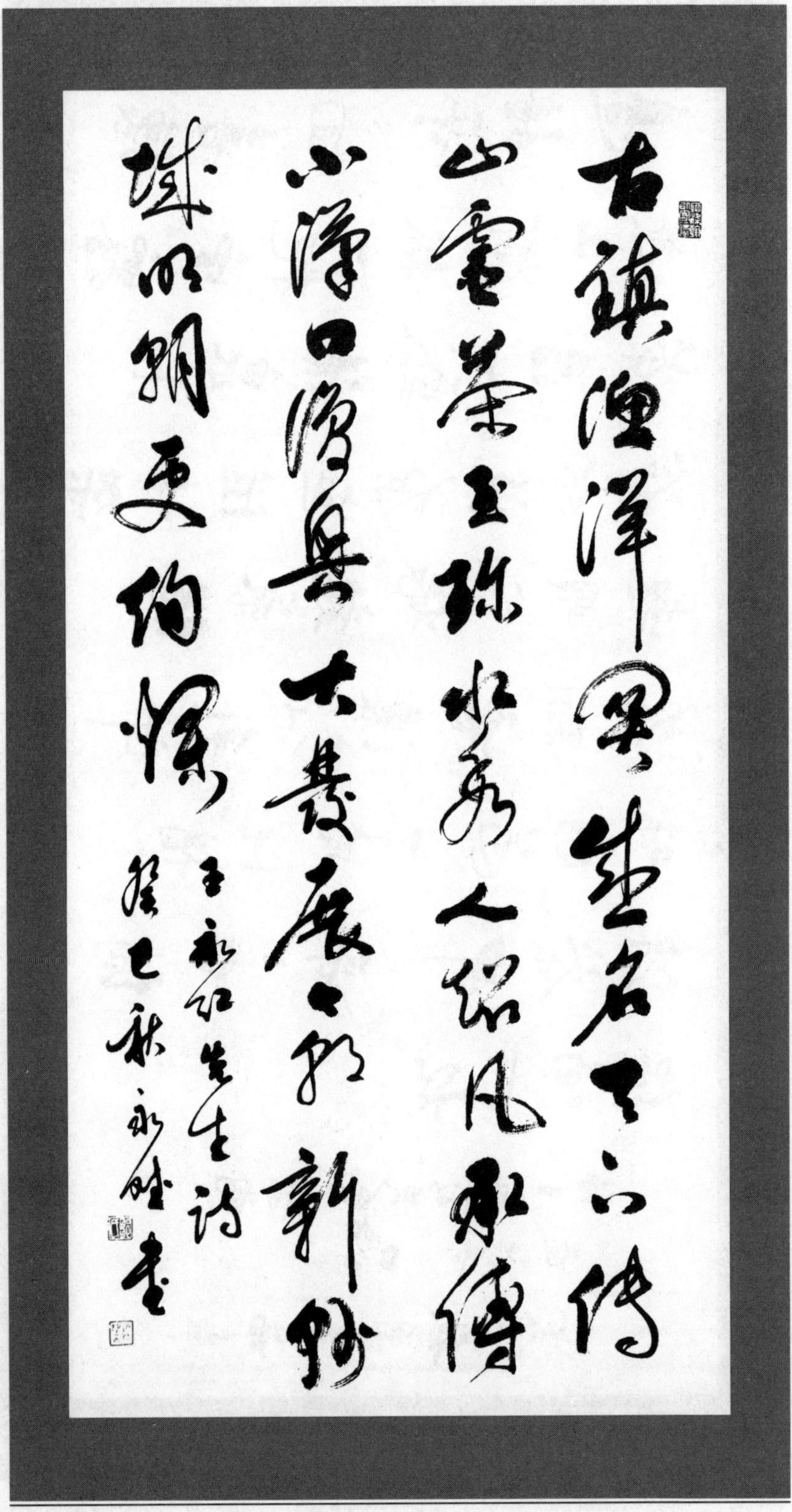

邹永斌

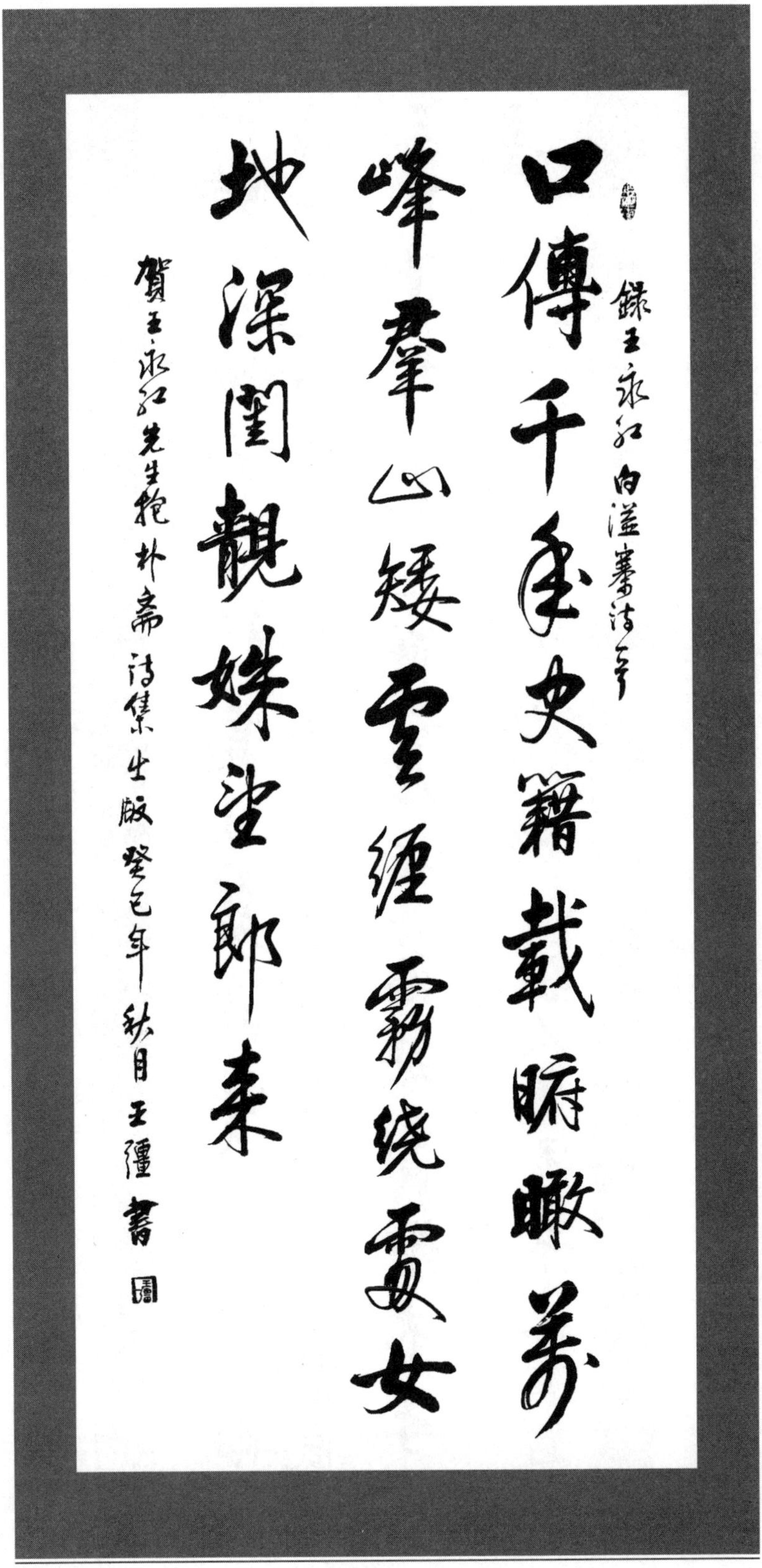

王　强

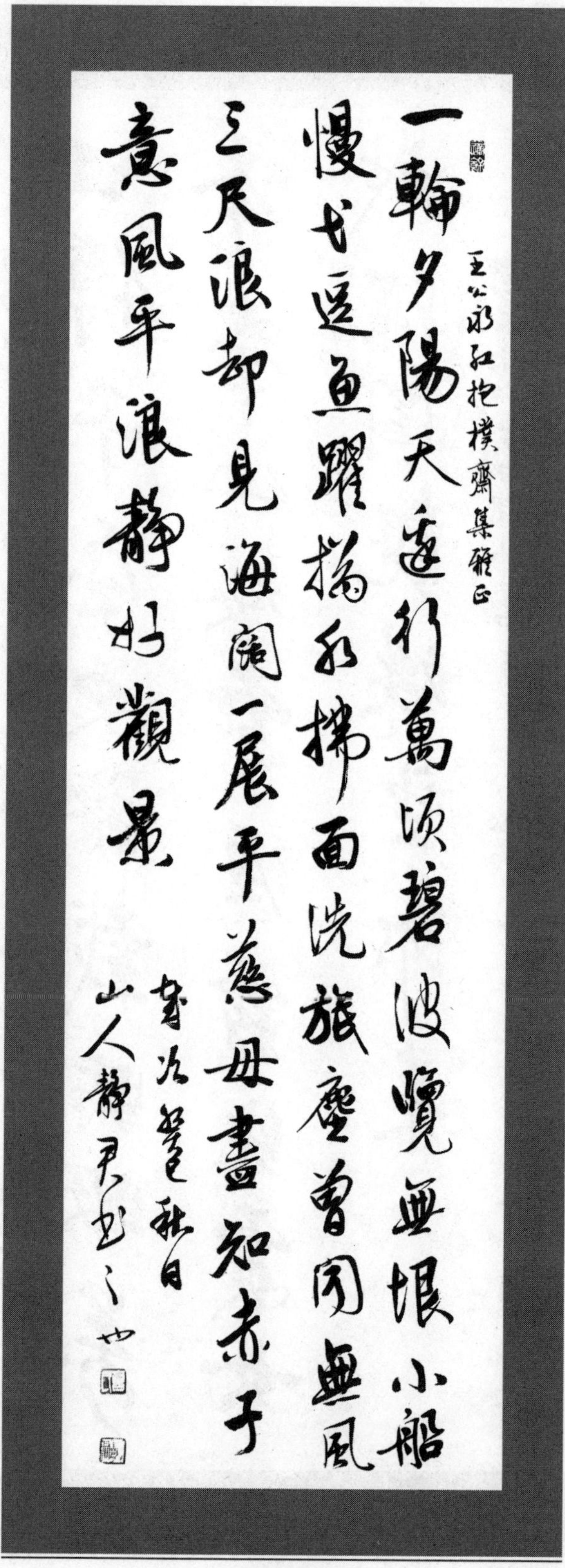

曹静君

杨子忠

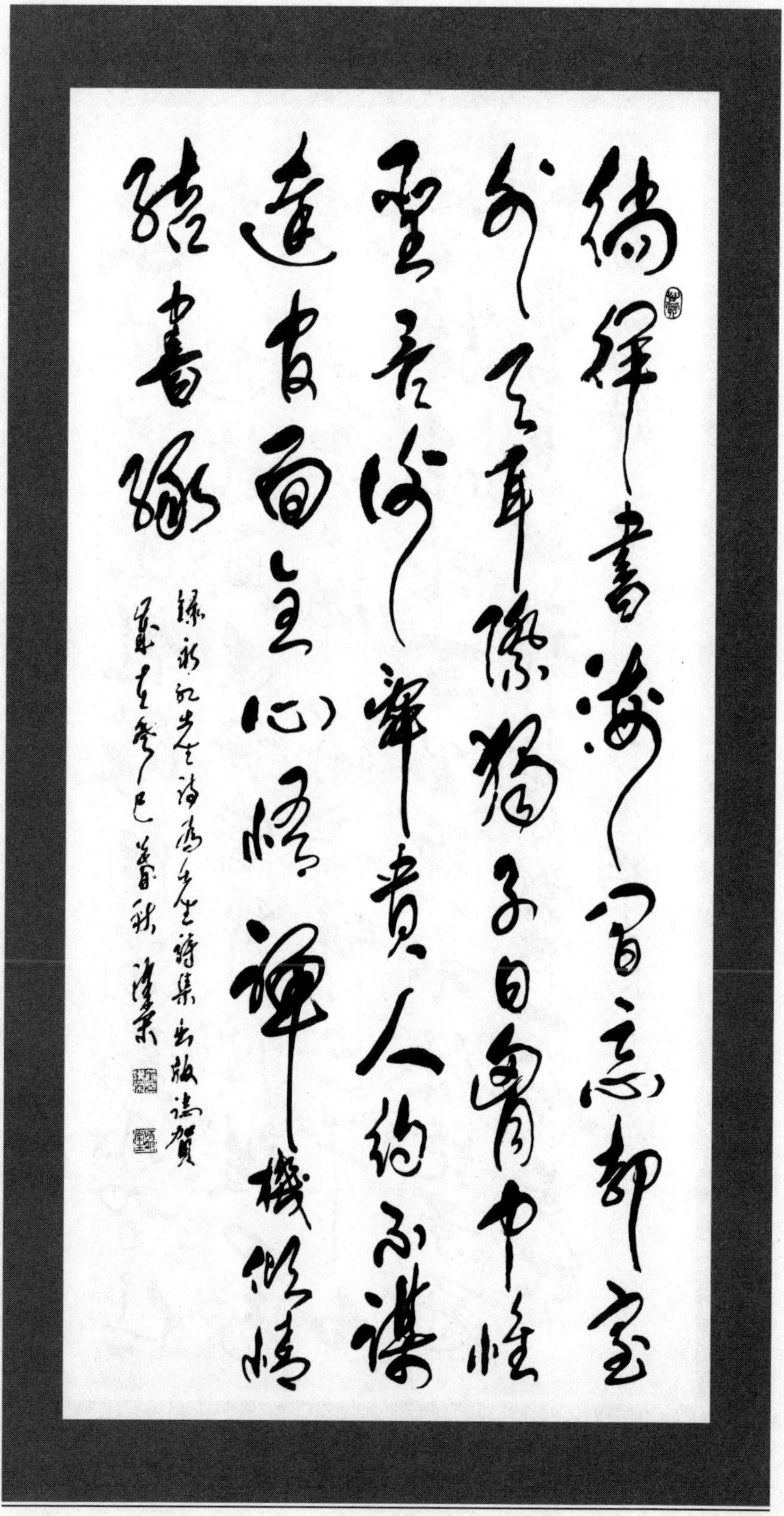

简汉荣

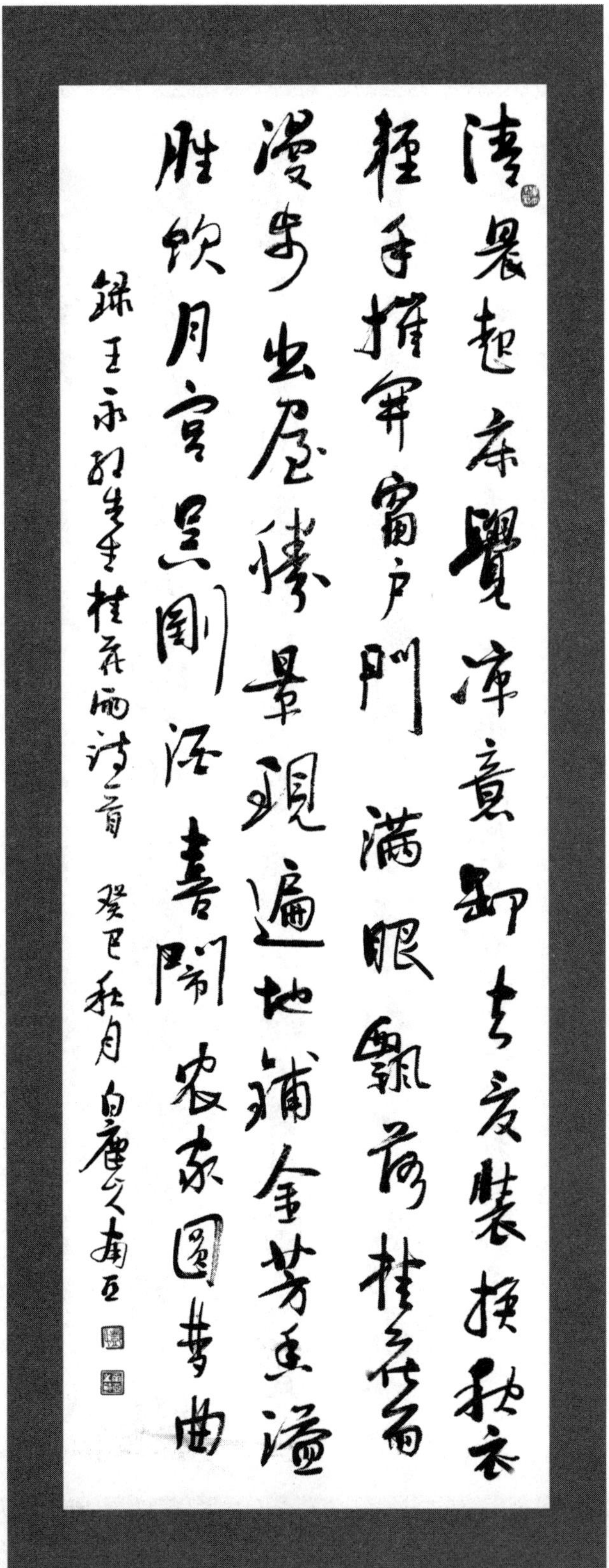
清晨起床覺涼意
卸去夏裝换秋衣
輕手推開窗户門
滿眼飄落桂花雨
漫步出屋勝景現
遍地鋪金芳香溢
勝飲月宫吴剛酒
喜聞農家團圓曲
録王永昭先生桂花雨詩一首
癸巳秋月 白鹿人南亚

邓南亚

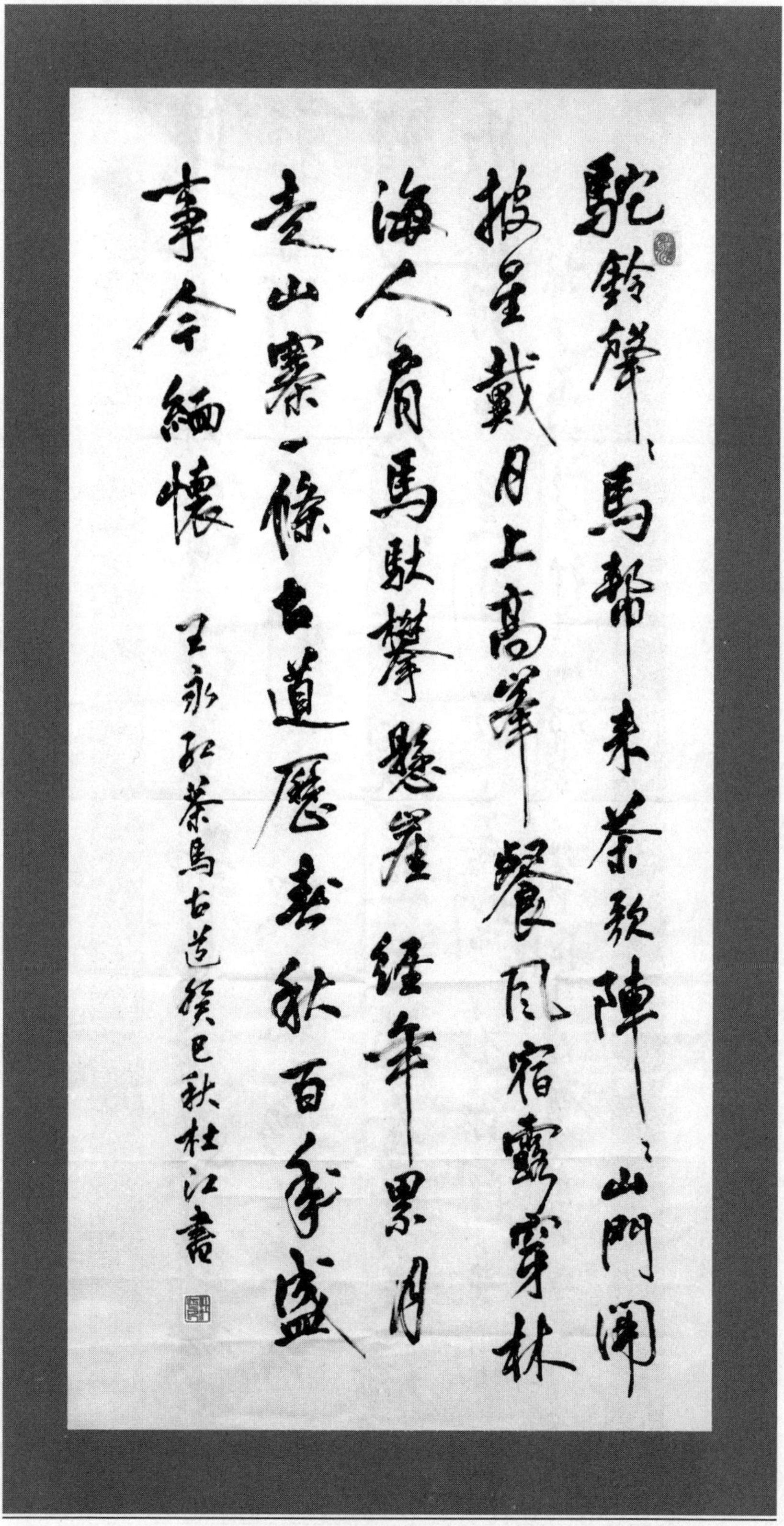

杜江

汪少华

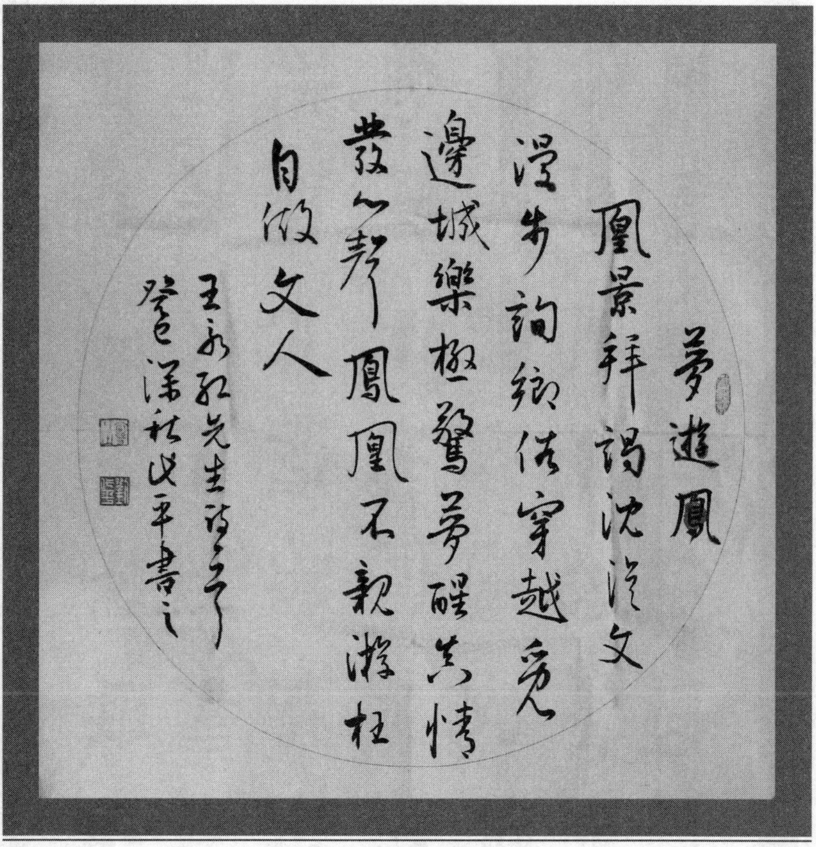

刘代平